JN318878

ご恋わずらい

きたざわ尋子

幻冬舎ルチル文庫

CONTENTS ✦目次✦

月と恋わずらい

✦イラスト・平眞ミツナガ

✦カバーデザイン＝久保宏夏(omochi design)

✦ブックデザイン＝まるか工房

月と恋わずらい

それなりに厳しかった受験戦争を勝ち抜いて、直木凜《なおきりん》が名門と言われる私立・明修《めいしゅう》大学の学生となって早二ヵ月が過ぎた。

新しい生活にもずいぶんと慣れ、友達という名称の知りあいも増えた。昔から黙っていても人が寄ってくるから、凜はただそれに笑顔で対処しているだけで勝手に携帯の登録件数が増えていった。

凜自身は誰とも深く付きあう気はないのだが、もちろんそんなことは言えるはずもない。とりあえず人と対峙《たいじ》するときは、にこにこ笑って最低限の会話に参加することにしていた。それで十分に当たり障《さわ》りない人間関係が構築出来るからだ。

人なつっこそうに見えて実は壁を作っている、というのは、仲のいい従兄弟《いとこ》にずいぶんと前に言われたことだ。同じようなことを、二人いる姉にも言われたことがあったし、それに対して異論を唱える者も身内にはいない。

しかしながら凜にはその自覚がなかった。壁なんて作っているつもりはないのだ。ただ親しく付きあおうという気がないだけで。

「まったく失礼しちゃうよなぁ……」

別の大学に通っている二つ年上の従兄弟と、凜より四つ上の姉、さらに三つ上の姉の顔を思い出し、凜は我知らず溜《た》め息《いき》をついた。

確かに親友と呼べる相手はいない。強いて言うなら従兄弟がそうだろうが、あくまで従兄弟だから少し違うような気もする。まるで寂しい人間のようだが、凜自身はこれでいいと思っているし、ある種もう諦めている部分もあった。

だって仕方ない。相手が上手《じょうず》に嘘《うそ》をつくたびに、自然に本音と違うことを言うたびに、凜は身がまえてしまうのだから。

時間つぶしのために座っているラウンジの片隅で、凜はぼんやりとガラス越しに外を眺めた。

いくつかのテーブルと椅子《いす》、そして自動販売機を設置してあるフリースペースは、凜のほかにも数組のグループがいて結構賑《にぎ》やかだ。

凜は着信音を発したスマートフォンを操作してメッセージを確認すると、それをバッグにしまった。待ちあわせのために時間つぶしをしていたのに、従兄弟は急な用事が出来てしまったという。

立ち上がろうとしたとき、少し離れたところから女子学生たちの黄色い声が聞こえてきた。まるでアイドルでも登場したかのような歓声に驚いて、ほんの少し腰《こし》を浮かせた状態でぴたりと動きを止めてしまう。

「あーもう笠原《かさはら》くん、やっぱカッコいい……」

「あの顔とスタイルは反則だよねー」

「ねー」

「声もムチャクチャいいんだよ、知ってた？」

「聞いた……！　超イケボ！　さすが声で孕《はら》むとか言われてる男は違うー」

「あの顔と、あの声だもんねぇ」

誰のことを言っているのかは、すぐにわかった。入学した直後から、その名前と数々の噂《うわさ》は耳に入ってきているからだ。

だが興味はなかった。自分には縁のない人間だと思ったし、噂のほとんどは凜にとって眉《まゆ》をひそめるようなものだったからだ。

「ハーフなんだっけ？」

「クォータージャなかった？」

「なんとかっていうヨーロッパのちっちゃい国だよ、確か。あんま有名じゃないとこ」

「有名じゃない国とかなにそれ」

そう言えばそんな噂も聞いたことがあるなと、何気なく窓の外を見た。

すらりと高い身長に、なにかスポーツでもやっているのか、しっかりと厚みのある肩。そして腰へかけてぎゅっと絞ったような身体《からだ》のラインは羨ましいほどだ。そして遠目にもその顔立ちが恐ろしく整っていることがわかった。

入学してから初めて見る男の姿は、確かに女子学生の話題をさらうに相応《ふさわ》しいものだ。

ふと男が顔を上げ、目があったような気がした。

（え……？）

今日は朝からの曇り空だ。すでに夕方と言える時間になっているため、いくぶん薄暗くも感じられる。

なのに一瞬にして、そこだけが——その男のところだけが、やけに明るくなったように見えた。

（なんだ、あれ……なんかキラキラ……エフェクトかかってる……？）

そんなバカなと思いながら目を擦《こす》り、もう一度目を向ける。そのときにはもう、男の姿は視界から消えていた。

「あー、行っちゃったぁ」

擦っているうちに建物のなかに入ってしまったらしい。そのうちに賑やかだった彼女たちもいなくなり、ラウンジは静けさを取り戻した。

頭のなかは戸惑いと疑問符でいっぱいだったが、考えたところであの不可思議な現象がなんだったのかはわからない。噂の男が金髪だとか、貴金属を大量に身に着けていたというならともかく、どちらでもなかったのだ。

「……帰ろ……」

自身に言い聞かせるように呟《つぶや》いて立ち上がる。ラウンジに残っている学生たちは、おしゃべりや勉強、あるいはスマートフォンをいじるのに夢中で、凜になど誰も注意を向けていなかった。

少しほっとしながらラウンジを後にする。見られること自体は慣れているが、話しかけられたくはなかったからだ。

人と話すことは嫌いじゃない。ただ話していて楽しめる相手なんて、ここ数年身内以外いないのが事実で、なかばもう諦めつつあるのだ。

そのまま大学から離れようとしていると、背後から呼びかけられた。振り向くと、顔と名前だけは一致している男が笑顔を浮かべて近付いて来た。

「もう帰んの?」

「うん」

「暇だったらさ、合コン行かね? メンツ、急に足りなくなっちゃってさ」

これは嘘だ。最初から凛が頭数に入っていたということだろう。凛は彼らにとって都合のいい参加者らしいのだ。女性参加者からの受けがよく、場が盛り上がり、なのにお持ち帰りもしない上、女性のほうからもなぜかアプローチされないからだ。

入学してから二度ほど参加してみて、もういいやと思ったのはそこだ。彼女が欲しかったわけではないが、自分の特殊な体質というものをあらためて思い知り、虚しくなってしまったのだった。

本心は置いておき、凛はすまなそうに苦笑を作った。

「あー、ごめん。僕、今日は従兄弟と一緒に晩ご飯食べる約束してるんだ」

「従兄弟っていくつ？　大学生？」

「よその大学だけどね」

「どういうタイプ？　イケメン？　従兄弟も一緒にどうよ？」

「んー……まぁ、イケメンと言えばイケメンかな。けどインテリ眼鏡《めがね》くんで、合コンとかあり得ないってタイプだから無理なんだよね」

「マジか。じゃあまた今度な」

彼が言う「今度」はないだろうと思いながら手を振って別れる。事前に誘っても凛が断るので、人が足りないという理由で攻めてきたのだろう。次にどんな手で来るかは不明だが、凛が了承することはない。

（そろそろ諦めてくれないかなー……）

いちいち断るのは面倒なのだ。波風を立てることを恐れずに、ぴしゃりと断ってしまえばいいとも思うが、大学生活はまだ三年以上も続くのだから、自分を取り巻く環境はいい状態に保っておきたい。

さっきよりも足早にキャンパスの外へと向かって歩いていると、またも後ろから名字《みょうじ》を呼ばれた。

この声は知っている。無視してしまいたかったが、聞こえない振りも通用しそうになく、仕方なく足を止めた。

近寄ってきたのは、大学にいるときはおそらく一緒にいる機会が一番多いだろう相手・吉《よし》本《もと》と、よく知らない男だった。

周囲は凜の一番の——少なくとも大学においての一番の友達は吉本だと思っているだろうし、本人もきっとそう思っているはずだ。そして凜自身も、友達なんだろうとは考えていた。

気のいいやつなのは間違いない。ただ口数がやたらと多く、ときに思ってもいないことをぺらぺらと言うので、そこが困るのだ。悪気がないところと、誰かと一緒に来ることが多いのが余計に。

「一緒に帰ろうぜ」

「腹減ったよなー。直木もなんか食ってこうよ」

当然のようにもう一人も話に加わってくるが、凜は彼が何者かわからない。あえてそれは言わず、ゆるりとかぶりを振った。

「僕はいいよ。晩ご飯、食べられなくなる」

「小食！　なんだよ、女子かよ」

「燃費がいいんだよ」

「エコか。しかもハイブリッドじゃん」

「人をどっかの車みたいに言うな」

まったく失礼な言いぐさだが、それよりも誰なのか不明な男が妙に馴《な》れ馴《な》れしいのが気になった。人なつこいなんて言われる凜だが、実際には自分から他人に話しかけたり近寄ったりすることはまれだ。どうして周囲の者たちは実態に気付かないのだろうかと不思議に思うほどだった。

吉本は宥《なだ》めるようにポンポンと凜の肩を叩《たた》いた。

「まぁ直木には小食ってほうがあってるけどな。つーか、むしろそのきれいな顔でガツガツ食われたら引くわ」

「そこらの女子より可愛《かわい》いもんなぁ」

二人がどうやら本気でそう思っているらしいことに、凜は苦笑する。

可愛いだのきれいだの、凜に向けられる褒め言葉は容姿に関することが多い。

ヨーロッパの小国出身の母親から受け継いだのは明るい栗色の髪とヘーゼルの瞳、そして東洋人にはまず見ない白い肌《はだ》だ。しかしながら骨格などは華奢《きゃしゃ》に出来ているし、身長もあまり高くない。顔立ちも目元なんかは母親似だが、それ以外は父親なので、「ちょっとハーフっぽいがあくまで日本人」といった顔に仕上がっている。ついでにメンタルは完全に日本人だった。

そんな凜は中学の途中まで美少女扱いされるのが珍しくなかった。初対面だと大抵驚かれる小さな顔に大きなアーモンド型の目、そしてぷるんとした唇《くちびる》は、男女問わず人目を惹《ひ》いたが、特に同性のツボに嵌《は》まってしまうらしい。

成長して女に見えなくなってからも美少年扱いをされ、それが大学生になった今でも続いているのは納得出来なかった。もう少年じゃなくて青年だろう、というのが凜の主張なのだが、あまり聞いてもらえない。特別童顔ではなく年相応だと思うのに。

「いや、ほんと……近くで見てもメッチャ可愛い……」

「おいこら、直木のこと変な目で見んなよなー」

「見てない見てない。俺はそういうヤバいやつらとは違うって」

これは嘘だ。どうやら名前も知らないこの男は、凜を邪《よこしま》な目で見ているらしい。本気の度合いは不明だが、警戒しておくに越したことはないだろう。

駅が近くなると、凜は買いものがあるからと断って別れ、急いで電車に乗った。

嘘は言っていない。帰りがけにスーパーに寄って、いくつか食材を買わねばならないのは本当なのだ。

予定通り買いものをして帰宅すると、同居している従兄弟はまだ帰っていなかった。あらかじめＬＩＮＥで言われていたことだった。

今日の食事当番は凜なので、帰宅してすぐキッチンに立った。料理を始めて半年足らずなので手つきはぎこちないし時間もかかるが、味自体は悪くないと自負している。従兄弟からも「まぁまぁ」と言われていた。

メニューはカレーだ。きっと従兄弟は「またか」と言うだろうが、少ないレパートリーのなかで失敗しないものの一つなのだから仕方ない。失敗の新作よりはいいだろうと、凜は自身を納得させた。

やがてカレーの匂《にお》いが充満した頃、玄関から物音がした。

従兄弟と二人で住んでいるマンションは2LDKで、大学からは電車と徒歩をあわせても二十分とかからない好立地だ。もともと従兄弟は別のアパートで暮らしていたのだが、凜が一人暮らしをするのにあわせて引っ越した。

新しい暮らしはそこそこ快適だ。家族と住んでいたときは掃除も洗濯も料理もすべて親がやってくれていたので、すべて自分でやらなければいけないのは大変だが、それ以外の問題はなにもない。従兄弟がきれい好きで、暇さえあれば共用部分の掃除をするので、凜は自室くらいしか掃除しないというのも大きいだろう。

「おかえりー」

「またカレーか」

従兄弟である須貝俊樹《すがいとしき》の第一声に、凜はムッとした。いかにも「飽きた」と言いたげな響きだったからだ。

「いーだろ。俊樹だってカレー好きじゃん」

「確かに。一番まともだしね」

「素直に美味《うま》いって言えばいいのに」

「それは自惚《うぬぼ》れってやつだ。普通だよ、普通。美味いかまずいかで言えば、まぁ美味いに入るかな、って程度」

「ひどい」

相変わらず辛辣《しんらつ》と言おうか、容赦がないと言おうか、俊樹は従兄弟という気安さと年上という立場から、凜には遠慮というものをいっさいしない。だが凜にはそこが気楽だった。俊樹は変な嘘をつかないからだ。凜の特殊な体質を知る前からそうだったから、家族以外で唯一彼を信頼しているのだ。

「おまえ郵便受け見て来なかっただろ。ほら、叔母《おば》さんから」

「あ……ありがと」

受け取った絵はがきはエアメールで、美しい森林と湖が写し出されたものだった。

凜の両親は四月のなかば頃に、母親の母国であるルキニアという国に移住した。

ルキニアはヨーロッパの北部に位置する、国土面積が日本の百分の一ほどの国だ。その七割が森林という豊かな自然が自慢らしい。主な産業は精密機器と観光、後は家具などの調度品、あるいは食器が伝統的に高い評価を受けている。

そんなルキニアは異常に伝承や伝説のたぐいが多い国だった。お伽噺《とぎばなし》なども豊富で、キリスト教国家でありながら、国民の意識や感覚には精霊だの妖精《ようせい》だのというものが染みついている、という。ルキニアが舞台となっている民話やお伽噺は数知れず、それらをモチーフにした切手やコインなどの発行でも知られていた。

母親は古くから続く名門の出だった。日本に興味を抱き、イギリス留学中に父親と出会い、そのまま結婚してつい先日まで日本で暮らしていたが、実家の都合で戻ることになった。そして父親はあっさりと仕事を辞めてついて行ってしまったのだ。

凛には姉が二人、妹が一人いる。上の姉はイギリス人と結婚して双子《ふたご》の娘をもうけ、現在は家族でイギリスに住んでいる。二番目の姉は大学生で、いまはアメリカに留学中だ。妹はまだ十三歳で、両親と一緒にルキニアに行った。姉二人に昔からいじり倒されてきた凛にとって、兄思いで優しい妹は唯一の癒《い》やしだった。

「……癒やしが足りない」

「ペットでも飼えば？　ここ、ペット可だろ」

「うーん……」

「あ、じゃあこれ聞くか？　インストだけど、いい感じだよ。なんだったらクラシックも揃ってるけど」

差し出されたCDを受け取った凛は、手にした瞬間ジャケットに目を奪われた。

抽象的なタッチで描かれているのは男性の後ろ姿で、色合いが複雑すぎて何色だと表現することも難しいものだった。本来あり得ない色で髪や肌が描かれているのに、それがなんの違和感も与えずにただ美しいと感じさせるのだ。一見写真を加工したもののようにも見えるが、それは確かに描かれたものだった。

「どうした？」

「うん……このジャケットが気になるっていうか……」

この感覚はなんだろうか。確かに覚えがあるのに、なんなのか思い出せなくてどうにも気持ちが悪かった。

「ああ、なんかあれだろ、現代アートとかいう、なんでそんな値段付くのかわかんないやつだな」

「高いの？」

「たぶんね。よく知らないけど」

芸術のことは凜もよくわからなかったし、このジャケットに使われた絵が一体どの程度の価値があるのかも知らない。だがひどく心惹かれたことは間違いなかった。

ジャケットを取り出して、作者の名前を探してみる。演奏者の名前はそっちのけで、興味はひたすらジャケットに向かっていた。

「リクハルド……？　外国人？」

「そうだろ」

後で検索してみようと思いながらジャケットを眺める。

「いつもこの人がジャケットやってんの？」

「いや、初めて」

「そっか」

「珍しいな。そういうのに食いつくなんて」

「だよね。なんかこう、ドカーンて感じで……バシーン……？」

ジャケットを見たとき、凜は衝撃のようなものを受けたのだが、口にしたものはなにか違う気がした。

俊樹も呆《あき》れ顔だ。

「擬音が意味不明だぞ」

「だから、こう……カルチャーショックっていうか……違うか。うん、全然上手《うま》く言えないけど、キタんだよ」

「まぁなんとなくわかるけどな。雷にでも打たれたような感じとかだろ？」

「あ、ちょっと近いかも。そういうことって初め……じゃなかった……！」

急に思い出し、凜は目を瞠《みは》る。どうも既視感があると思っていたが、それもそのはずだ。

夕方、凜は同じような感覚を味わったばかりだったのだ。

ちょっとすっきりとしつつも、新たな疑問が浮かんでいた。

「あのさ……ちょっと聞きたいんだけど。今日大学でね、ある人を見た……っていうか目があった？　みたいな瞬間に、エフェクトかかったみたいになってさ。そこだけすっげー明るいの！　今日曇ってたじゃん、なのにそこだけキラキラーって」

「電飾でも背負ってたんじゃないか」

「そんなやついるか！」

もちろん金属が反射していたわけでもない。俊樹はそれも承知した上で、真顔で凛をからかっているだけなのだが。

「ま、簡単な話だけどな」

「なになに？」

「一般的に一目惚れと言われる現象だろ」

「はぁ？」

なにをバカなことを、と本気で思った。だから出した声も心底呆れたような響きになったが、俊樹はむしろそんな凛に、可哀想《かわいそう》なものを見るような目を向けた。

「僕が一目惚れなんてするわけないじゃん」

「わからないぞ」

「ないない。自慢じゃないけど、見た目で人を好きになったりしないから」

美形は家族や親戚《しんせき》中にあふれているので見慣れているし、凛にとって大事なことは別のところにある。

笑いながら手を振り、凛はそのまま話を打ち切った。自分から切り出した話だが、この流れでは続ける気にもならなかった。相手が男だと知れば、俊樹はおもしろがってそのあたりを突《つつ》きまわすに決まっている。それどころか凛の姉に「とっておきのネタ」として教えるかもしれない。

「嘘つかない人間なんていないないと思うけど？」

「知ってる」

「難儀な異能力だよな……」

「そんなんじゃないし！」

そこは譲れないことだったから語気を強めたが、俊樹は「またか」とでも言いたげな顔で曖昧《あいまい》に笑った。

「わかったわかった、ただの特技だっけ」

「そうだよ」

拗《す》ねたような言い方になってしまい、バツが悪くて視線を外す。あくまで特殊技能であって異能力なんかではない、と言い聞かせながら。

凛は子供の頃から、相手の嘘がわかるという特技があった。相手がどんなに自然体であっても、真実味のある言い方をしても、耳にした瞬間に嘘だとわかってしまうのだ。

意識はしていないが、きっと相手の表情や声のごくわずかな変化を感じ取っているのだ、と凛は思っている。しかしながら凛以外――事情を知っている身内の者たち――は、異能力だと認識し、当たり前のように受け入れていた。

「つくづくファンタジーな一族だよな。あ、ルキニア自体そうか」

「そんなんじゃないって。だから僕のは特技!」

「もう一つのアレは?」

「それもただの遺伝だって言ってるじゃん。うちの家系には、きっとそういうなにかがあるんだよ。ファンタジーじゃないしっ」

この話題になると、凛は苦虫を噛《か》みつぶしたような顔になる。とっくに諦めてはいるが、理不尽さに歯噛みをしたくなるのだ。俊樹の目に、凛に対する哀れみが含まれているように感じられるからなおさらだった。

「いいんだよ、もうそこは諦めてる。姪《めい》っ子《こ》可愛がるからいいし……」

「そうだな。将来、俺と絵里奈《えりな》に娘が生まれたら可愛がってくれ」

「は?　結婚するってこと?　マジで?」

「わりと」

「え、それって絵里奈はなんて?」

「あ、うんいいよ。って」

「軽っ」

凜は複雑な思いで従兄弟を見つめた。

絵里奈というのは、二人いる凜の姉のうち二番目の名で、俊樹よりも二歳上だ。現在は恋人同士でもなんでもないらしいが、本人たち曰《いわ》く「そのうち結婚するかも」とのことだ。冗談半分に受け止めていたが、俊樹の様子を見る限り本気のようだ。

「けどさ、お互いに彼女いたり彼氏いたりするじゃん」

「最終的には絵里奈かな、と。向こうもそうなんじゃないか」

「……よくわかんないんだけど……」

ずっと近くにいる凜にも、この従兄弟と姉の関係はよく理解出来ないものだった。昔から気があっていたようだが、ベッタリというわけでもなかったからだ。それでも妙に互いをわかりあっていたのは確かなのだが。

「いろいろな関係があるってことだよ。とにかく、可愛い姪っ子は任せとけ」

「……甥《おい》は可哀想だからやめてやって」

「選べるわけじゃないけど、まぁ確率から言って大丈夫じゃないか」

「だといいけど……」

そう、母方の家系は男子が滅多に生まれない。一世代に一人か二人という少なさなので、凜のいとこやまたいとこは女性ばかりだ。ここに姉と妹をあわせ、女ばかり二十人ほどいるのに対し、男は凜だけなのだ。女系なんて生やさしいものではなかった。

男子だからと言って虐げられるわけではないので、それはいいのだが、母親の実家であるルース家にはいろいろと納得出来ない部分が多かった。

いや、ルース家に限らず、ルキニアという国の人々は、当たり前のように「精霊」なるものを信じているのだ。見えなくても普通にそこらじゅうに力があふれているのだと考えているらしい。母親も祖母も伯母《おば》たちも皆そうだ。そしてあろうことか、凜の姉妹たちもナチュラルにその考え方や感じ方を身につけてしまっている。もちろん普段それを表に出すことはせず、周囲と折りあいをつけて生活しているのだが。

国民のほとんどが多かれ少なかれそんな状態のなか、ルース家はとても特殊な存在であるらしい。

家に伝わる話によると、何百年か前の先祖がとても力のある精霊に気に入られ、祝福と加護を受けたのだそうだ。

とんでもない言い伝えだと凜は思っているし、こんなことを口外したら、痛い人扱いされるに決まっていると思うのだが、一族の者たちはそれを信じている。

確かに一族の者は揃いも揃って異常なほど健康――というより頑丈で、凜も幼い頃から病気で寝込んだ経験がない。父親はよく風邪《かぜ》をひいていたが、母親も姉妹たちも具合が悪いところを見たことがなかった。そして不運やアクシデントと縁がないのも事実で、ルース家は何百年ものあいだ、一度も傾くことなく繁栄している。

ルース家を代々女性が継ぐのも、どうやら精霊との約束でもあるらしい。母親が実家に戻ることになったのは、現当主である祖母が高齢のために、伯母――母親の姉が跡を継ぐことになったからだ。当主を支えることは次女の役目なのだという。

いろいろとおかしな話だ、と凜は常日頃から考えているのだが、残念なことに賛同してくれる者はいない。

「そもそも精霊ってなんだよ。あり得ないじゃん」

「まぁでも実際いろいろと不思議だしな、おまえんち」

「だから特異体質の遺伝とか特殊技能だってば！」

「はいはい」

凜を取り巻く事情は異様なのに、母親だけではなく親戚みんなが当然のことと考えている。父親も黙ってにこにこしているだけで、内心はどうあれ否定はしないし、凜の姉妹たちも母親らと同じ感覚だ。家族のなかで凜だけが異を唱えているのだ。

「でもケガしてもわりとすぐ治るところなんて、体質で片付けるのは無理がないか？」

「異常に代謝がいいんじゃないの」

「それに異様に若い。ルキニアの祖母《ばぁ》さんなんて、アラフォーにしか見えないぞ。美魔女どころか軽く化け物だ」

「それも体質」

確かにルース家の者たちは揃いも揃って若々しい。ある程度まで行くと、年を取らなくなるみたいに。もちろんちゃんと年は取っているのだが、たとえ八十歳になっても皺《しわ》は不思議なほど少ないし、どこかが痛いとか具合が悪いとか訴えることもなくピンピンしている。総じて長寿でもある。

「ケガも病気もしないなんて、羨ましいけどな」

「種なしでも？」

「……まぁ、それは、な……」

またもや哀れむような目をされて、カチンと来た。とっくに諦めているとは言え、理不尽だという思いはぬぐいされない。

凛がとにかく理不尽だと感じているのはここだ。ルース家の血を引く女性たちは丈夫な身体と幸運など、いいことしか受け継がないのに、滅多に生まれない男性はそれらにプラスして子供が出来ないという体質を受け継ぐのだ。

いや、体質というのは正しくないのかもしれない。凛は調べていないし試してもいないが、彼以前に誕生したルース家の男性には誰一人として子供がおらず、いろいろと調べてみても異常は見つからなかった。医者が言うには、医学的に問題はない……とのことだった。精神的なものかもしれないと言われたそうだが、一族の者たちはやはり「祝福」のせいだと納得したという。

「なにが祝福だよ、そんなの完全に呪《のろ》いじゃん！　男に厳しすぎるよ。子供出来ない上に、一族以外の女をルース家に加えちゃダメとか、ひどすぎる！　うちは直系じゃないから、まだマシだけど！」

「それな、むしろ逆じゃないかと俺たちは思ってる」

「え？　たち？」

「いや、前に絵里奈と話してたんだ。たぶん男には寛容なんだよ、精霊さまは。ルース家以外の女を嫌がってるだけなんじゃないか？」

「誰が」

「精霊が」

真面目《まじめ》にそんなことを言い出した俊樹を、凜は無言で見つめた。俊樹もなのか、と軽い絶望感も味わっていた。

ルース家の娘と結婚しようとする男は、例外なく「ルース家のすべて」を受け入れてしまうのだ。

凜はふと思う。もしかするとルース家の女性たちは、結婚しようと思う男を洗脳出来る能力でも持っているのかもしれない。

（いやいや、それこそファンタジー。あり得ないから。きっとあれだ、信じやすそうな相手を選んでるんだよ）

無理に自分を納得させながらも、脳裏に浮かぶのは俊樹と姉が並び立つ未来図だった。あまりにも容易に想像出来てしまう。

凜は無意識に大きな溜め息をついた。

「四面楚歌《しめんそか》だ……」

「そろそろ認めれば。どう考えたってルース家はファンタジーだぞ」

「ファンタジーって言うな。全部体質だから！　特技だから！」

「わかったわかった。特技だろうとなんだろうと、とにかくおまえはもう少し妥協ってものを覚えろ。いろんな意味で頑《かたく》なすぎるんだよ。身内にしか心開けないってのは、この先どうかと思うぞ」

「……わかってるよ。けど、仕方ないじゃん」

親しくもない相手に事情は話せないし、話そうと思える相手にも出会えないのだ。親しくなるには凜のなかにある条件――嘘をつかない――をクリア出来なければならないが、そんな人間には遭遇したことがない。

友人さえ無理なのだから、恋人なんてもっと無理だ。幼稚園のときに想いを寄せた先生に失望し、小学校二年のときに好きになった女の子に絶望してから、凜は恋愛感情というものを抱いたことがない。それ以前に壁を作ってしまうからだ。

人は心にもないことを言う。好きでもないのに平気で好きだと言い、笑顔のままその場限りの作り話をする。

俊樹の言う通り、それが当然なのだろう。けれども凛には耐えがたいことだった。他愛もない嘘ならばまだいい。害のない、誰も傷つかない嘘ならば、まだ。だが一度でも感情を偽られたら、凛はもうその人を信じることが出来ないのだ。

自分はこのまま寂しい人生を送るのかもしれない。

そのときはそう思っていた。


大学で凛が一人でいることはそう多くない。吉本は積極的に一緒にいようとするし、凛に話しかけるチャンスを窺《うかが》っている者も多数いる。だが故意に一人の状況を作ろうと思えば出来ないこともなかった。愛嬌《あいきょう》を振りまくことに疲れたときなどは、目立たない場所でぼんやりしていることもあった。

そんなときは基本的に背中を見せるようにしている。後ろ姿で凛を見つけられるのは、それなりに彼を見慣れた者だけだし、テーブルなどに突っ伏していれば、たとえ凛だと気付いたとしてもそうそう声などかけてこないものだ。

凛は先日も時間を潰していたラウンジの片隅で、ぼんやりと雨降りの外を眺めていた。窓に向かう形のカウンター席はお気に入りだ。ここは場所柄、利用する学生が限られている。デッドスペースだった場所に簡易的に作られたものだし、もっといい場所に広くてきれいなところがあるからだ。それでも人は常に誰かいるが、いつ来てもどこかしら席が空いているのだ。

梅雨《つゆ》入《い》りを果たしたばかりの空は鈍色で、目の前のガラスは水滴だらけだ。先日のように外の景色はクリアには見えない。

こんな天気がもう三日も続いていて、少し気分が落ちている。じめじめとした空気のせいで、どうにもテンションが上がらなかった。

「サボろっかな……」

授業はもう一つ残っているが、面倒になってしまった。出席は厳しくチェックするが、その分テストは甘いという噂なので、一回くらいはいいかもしれない。

しとしと降る雨を見ながらそう決意したとき、空いていた隣の席に、滑り込むようにしてすっと誰かが座った。

「ふーん……噂通り、きれいな顔してるな」

ぞくぞくっと意味不明な震えを感じて戸惑いつつ、ナンパかとうんざりした。ちらっと横を見て、凜はそのまま固まった。

隣に座ってこちらを見つめているのは、昨日この席から遠目に見かけたあの男だった。

「きれいと可愛いの中間くらいか。色白いな」

「っ……」

そう言えば昨日の彼女たちがしきりに声もいいと言っていたと思い出した。

低くて少し甘くて、なにより艶《つや》がある。きっと本人も自覚していて、その武器を有効に使っているに違いなかった。

声だけでなく、近くで見ると一段と彼の顔立ちのよさがわかった。切れ長の目に、すっと通った鼻筋。彫りは深いが、くどいという感じはせず、少し厚みのある唇がやけにセクシーだ。非の打ち所のない美形とはまた違うのだろうが、人並み外れて整っていることは間違いなく、完璧ではないゆえの魅力が——人好きがするようななにかがあった。そして独特の雰囲気がある。ワイルド系というやつだろう。

じっと見つめられるだけで、妙な気分になりそうだった。凜でこうなら、女性はたまらないだろう。騒がれるのは当然だと思った。

ふと脳裏に、昨日の俊樹の言葉——一目惚れ——が浮かんで、ドキッと心臓が跳ねた。だがすぐに否定する。

男を相手に一目惚れなんて、あり得ないと思った。いや一目だろうとそうじゃなかろうと、好きになるなんてあり得なかった。

若干の動揺を押し隠し凜は目礼した。

「初めまして、だよな。笠原勇成《ゆうせい》ってんだけど、知ってるか？」

「……噂は」

「どうせ悪い噂だろ」

まったくその通りだったので、凜は曖昧に笑った。すべてが悪い話ではなかったが、八割方マイナス方向だったのは確かだ。

傲慢《ごうまん》だとか人を見下した態度だとか、協調性ゼロで身勝手だとか。ただしどこまでが真実なのかは不明だ。これだけの容姿で女性関係も派手となれば、やっかまれても不思議じゃないからだ。ちなみにいいほうの噂は成績や見た目に関することがほとんどで、後は彼の出自に関する噂だった。

「ま、そんなことはどうでもいいか。いきなりで悪いんだが、直木の母親がルキニア人ってのは本当か？」

「え？　あ、はい……そうですけど」

話はそこかと、凜は拍子抜けした。初対面の相手からの話題としてはありきたりだが、まるでそれを確かめるのが目的のような話運びには少し戸惑う。

問うように見つめると、勇成はぐっと身を乗り出してきた。かなりアップに思わず身を引くが、勇成が気にした様子はなかった。

「俺のひい祖父《じい》さんもルキニア人なんだよ。ほとんど見た目には出てねぇけど」

「そ……そうなんですか？　それは珍しいですね……」

「だよな。俺、親戚以外でルキニアの関係者に会うの初めてなんだよ。大使館にでも行けば話は違うんだろうけどな」

「それは僕もです。あ、日本では、ですけど」

「ああ、行ったことあるんだ。母親がそうか？」

「はい」

話しているうちに少しずつ勇成の声にも慣れてきた。思いがけない話題に意識を持っていかれたというのも大きな理由だろう。

勇成の話には共感出来る。ルキニアは日本と国交こそあるものの繋《つな》がりはあまり強くない国で、知名度もそう高くはない。向こうも日本への関心が薄いので、行き来する人間も少ないのだ。

「ルキニア人って、なにか特別な体質というか……特殊性ってないのか？」

「特殊性……ですか？」

「そう」

「えーと……普通だと思いますけど……」

答えながら嘘じゃないぞと自分に言い聞かせる。そう、別にルキニア人が特殊な体質なわけじゃなく、母方の一族――ルース家が少しばかり特別なだけだ。

無意識に視線を落とすと、それを見て勇成は仕方なさそうに嘆息した。

「そうか……」

「なにか気になることでも?」

「……まぁな」

否定はしなかったが、詳しく話す気はなさそうだった。それは凜も同様なので、不満に思うことはない。

ただ勇成にはなにか事情があるらしいことはわかった。言えないのは当然だ。初対面の相手に、自分の秘密をべらべらしゃべることはしないだろう。

「いや、もしかしたらと思ってさ。一応俺なりにネットで調べたり、ルキニアの病院とかに問い合わせたりしたんだけどな」

「病院って……」

「ああ、別に健康状態に問題があるわけじゃねぇんだ。詳しくは言えねぇけど、まぁちょっとばかり普通と違う体質でさ……」

苦笑まじりの言葉を聞いて凜ははっとした。

(もしかして、一緒っ……?)

今のところ勇成の言葉に嘘はなかった。

健康状態に問題はないのに、病院に問いあわせるようなこと——。理由はいろいろとあるだろうが、凜の脳裏に浮かんだのはルース家の男子に受け継がれる悲しい事情だ。

これまで凜は自分の――いや、自分たちルース家の男子に現われる体質は、一族のみに与えられたものだと思っていた。しかしルース家以外にも同じような者が出るのかもしれない。ルキニア人だという勇成の曾祖父《そうそふ》がどういった出自なのかは不明だが、可能性はゼロじゃないだろう。

(あれ、でもこの人がいるってことは、普通に子供出来るってことで……)

目の前の勇成を置いてあれこれ考えていると、怪訝《けげん》そうに顔を覗《のぞ》き込まれた。

「どうした?」

「あ……いや、あの……なんでもないです」

「もしかして心当たりがあるのか?」

「それはまだわからないですけど……えっと、家系図的にはどうなってるんですか? つまり、ルキニア系の人って……」

「ああ、祖父さんから親父《おやじ》と来て俺、って感じ。代々なぜか一人っ子なんだよな」

「そうなんですか……僕が思ってたのとは、違うみたいです」

勇成はそれを聞いて残念そうな顔をした。

どうやら凜と同じではないらしいが、なにかあることは間違いない。ルキニアにルーツがあるための、なにかが。

凛があのとき——勇成と目があったときに感じたものは、そういった特別ななにかを感じ取ったからではないだろうか。俊樹が言うような、一目惚れなんかではなく。

（そうだ、きっとそう）

凛はひそかに頷いた。

「えーと、笠原さんのひいお祖父さんって……」

「勇成でいい」

「え……あ、じゃあ勇成さんで」

会ったばかりで名前呼びを許すなんてずいぶんとフレンドリーだと思ったが、数々の噂を思えば納得出来た。数多《あまた》の女性と浮き名を流すこの男にとって、他人との距離感は凛のそれとはまったく違うはずだ。

「えっと、ひいお祖父さんって、どうやってひいお祖母さんと出会ったんですか？」

「仕事で来日したらしい。イギリスの会社にいて、その都合でこっちに来て、結局居着いちゃった感じだな」

「その時代の国際結婚って、すごいですね」

「しかも婿養子《むこようし》。直木のところは？」

「僕も凛でいいです。うちは父と母が留学中に出会って、その後母が父を追いかけて日本に来ちゃったみたいです」

「積極的だな。情熱的というか……」

凛は思わず頷《うなず》いた。一見おとなしそうに見える母親だが、うちに秘めたものは熱い人なのだ。恋人時代も父親は押され気味だったと聞くが、現在では完全に父親が母親に追従するような形になっている。祖国に戻らねばならないという彼女に対し、一も二もなく付いていくと言った父親の姿を見て、凛は少しだけ遠い目をしたものだった。

「両親はルキニアに移ったんだって？」

「そんなことまで知ってるんですか」

「噂で」

「個人情報ダダ漏《も》れ……まぁいいけど。えーと、母の実家の都合でそういうことに」

「介護かなんか？」

「いや、その……ちょっとうち、特殊で。完全に女系なんですよね、当主も代々女性で婿取るって感じで。仮に直系の女がいなかったら、親戚のなかから女を持って来るってくらい徹底してて」

「もしかして、かなりいいとこか？」

「まぁ、わりとそうらしいです。よくわかんないですけど」

凛は薄く笑った。よくわからないというのは本当だ。母親の実家が数百年前から連綿と続く家柄であることも、住まいは膨大な敷地を有するクラシカルな大邸宅であることも事実だが、それがどの程度のものなのか、今ひとつわかっていない。屋敷の大きさも土地の広さも、日本ならばとんでもない規模なのだが、ルキニアでの基準は不明だからだ。一般家庭でないことは確実だが――。

「もしかして貴族とか？」

「あー、なんか昔はそういうものだったみたいですね。貴族っていうか、領主？　みたいな。そこも実は理解してなくて……」

言いながら、初めて凜は自らの無知を恥ずかしく思った。母親の実家に関しては、とかくネガティブな部分にだけ意識が向いていて、客観的な事実――歴史や現在の状況といったものを無視して来たためだ。

「ま、日本で生まれ育ったらあんまり関係ねぇか」

「そうなんですよ。年に一回、行くか行かないかだったし、ここ三年くらいは全然行ってないし」

「そんなもんだよな。ある程度デカくなったら、親の帰省には付きあわねぇよな」

「勇成さんは？　ひいお祖父さんの実家とは……？」

「全然。っていうか、ひい祖父さんって家族を亡くしてるらしくて、そのへんもかなり曖昧で。うちの祖父さん、親の出身国とかまったく興味ねぇ人なんだよ。見てくれ完璧にあっちの人なのに、中身がガチガチの日本人」

「ああ……」

思わず小さく頷いた。凜もまた母親の実家や祖国に関してはほとんど興味がないのだ。むしろ意識的に避けていると言ってもいい。

理由は凜がずっと昔から感じている理不尽さに起因している。ルキニアという国に対してではなく、母親の実家であるルース家の事情のせいだ。

「ところでさ、ルキニアって……なんか、ちょっと変わった国じゃねぇか？」

「え？」

なにを言い出すんだろうと思わずじっと勇成を見つめ、彼の瞳が赤みの強い茶であることに気がついた。不思議な色合いだと思った。

「あ、悪い。変わってるっていうのは言い方悪いな。なんていうか……やたら信心深いというか、科学で説明できないようなことをわりと当たり前のように受け入れてるというか……や、調べてみた印象なんだけどさ」

「そうですね。そういうとこは、あります。なにかあると、すぐ『精霊のせいだ』みたいなこと言いますよ、うちの母も」

「それそれ。ひい祖父さんも言ってたらしい」

「お祖父さんとかお父さんは？」

「全然。そのくせ体質はしっかり受け継いでるんだけどな……ああ、悪い。そのうち言うわ」

この場限りの言葉ではなく、どうやら勇成は本気で凛に打ち明けるつもりがあるらしい。

その気持ちと、今後も関われることに少し嬉《うれ》しくなった。

ふと視線を感じて背後を見ると、慌てて数人が目を逸《そ》らしていった。どうやらこちらに注目していたようだ。勇成と凛の組みあわせが珍しいからだろう。

「ごめんな」

「え？」

「いや、俺といると変な噂が立つかもしれねぇからさ」

「心配してくれるんですか？」

「真面目で身持ち堅いって有名らしいからな。俺みたいのは嫌だろ」

気遣ってくれているのだと知り、また少し嬉しくなった。

潔いのか開き直っているのか、勇成は自分の噂に関しては取り繕う気がいっさいないようだった。だが噂とは違い、傲慢さなんて感じられないし、人を見下した態度でもなかった。

やはりやっかみから必要以上に悪く言われているのかもしれない。

「……本当に取っ替え引っ替えしてるんですか？」

「今は特定の彼女がいないのは本当。セックスだけの女が複数いるのも本当。ただ言われてるほど多くねぇんだよ。噂だと相手の数が何倍にも増えてる」

「うーん……」

勇成は本当のことを言っていたが、凜にはよく理解出来なかった。嘘がわかってしまうという性質のせいもあって恋をした経験は幼い頃の二回しかなく、誰かと付きあったこともないまま大学生になってしまったからだ。恋愛経験も性的な経験もきわめて乏しいのだ。

「軽蔑するか？」

「……まぁ合意ならいいのかな……？　騙《だま》したりしてなければ」

「それはねぇよ。最初から、身体だけの付きあいでって言ってるしな」

「うわ、それはそれで……」

どうやらこれも本当のことらしい。いわゆるセフレというやつなのだろうが、それを批難するつもりはなかった。双方が合意の上ならば本人たちの自由だ。たとえば姉妹が当事者だとしたら話はまた違ってくるけれども。

「……まぁ、どうかとは思いますけど、相手もそれでいいって言うなら、僕がとやかく言うことじゃないです」

「よかった。そういうの生理的にダメとか言われたら、どうしようかと思ってた」

急に気弱そうな笑みを向けられ、とっさに凜は目を逸らした。さっきまではむしろ自信に満ちあふれているように見えていたのに。

「どうした？」

「なんか……噂なんてやっぱり信じちゃダメですね」

「ん？」

「噂と全然違うから。あ、自分の噂って知ってます？」

「まぁな。傲慢で傍若無人《ぼうじゃくぶじん》で、自分勝手。人を平気で利用して、相手からなにかしてもらうのが当たり前で、自分からはなにもしない。飽きっぽくて、女は消耗品だと思ってる……とかだっけ？　後は忘れたな」

「……そこまでは知らなかったです……」

凜が耳にしたのはごく一部だったようだ。ここまで言われるには勇成にも原因があるのだろうが、当の本人はまったく気にしていない様子だった。

「全部が嘘ってわけでもねぇからな。誇張されてる部分はあるけど」

「どのへんが嘘じゃないかは、聞かないことにします」

「いいのか？」

「僕は、自分が見たことだけ信じますから」

噂は真偽がわからないから嫌いだ。伝聞はたとえそれが間違っていても、話を聞いた人が本当だと信じてしまえば嘘ではなくなってしまうからだ。

「そうか」

大きな手に髪をくしゃりと乱すように撫《な》でられ、びくりと身体が震えてしまう。そしてまじまじと勇成を見つめた。

「ああ、悪い。こういうスキンシップダメか?」

「ダメじゃ……ないけど……」

「嫌だったら言えよ。気をつける」

引っ込められていく手を無意識に目で追いながら、凜は小さく頷いた。

怖いわけではないのに、どこか逃げ腰な自分に気付かされた。その理由を知るのは、もう少したってからのことだった。

大学のラウンジで出会って以来、凜は勇成と頻繁に会っていた。

あの日、互いの連絡先を交換して別れたのだが、その日のうちに凜は勇成に連絡を入れたのだ。勇成から聞いた話をルキニアにいる母親に伝え、知りあいになにか心当たりはないかと当たってもらったからだ。残念なことに誰も聞いたことがないケースだという。

凜が呆れ、そして感心したのは、母親をはじめとする一族が「そういうケースもあるのね」で終わってしまったことだった。あらためてルキニアという国の不思議を感じた瞬間だった。

勇成は少しがっかりしていたが、とても感謝してくれた。そうして翌日には待ちあわせ、一緒にランチを取ったのだった。

以後、連れだって遊びに行ったり、週の半分はなにかしらの理由で行動を共にしている。

当然、噂は千里を走った。あの日の夜、すでに俊樹の耳に入っていたほどに。彼の知りあいが凜の大学にいて、従兄弟同士だと言うことを知っていたために急いで連絡を入れたらしいが、それを抜きにしても話の拡散は素早く、そして広範囲だった。

「少しは落ち着いたのか？」

出がけに俊樹から声をかけられ、凜は靴を履きながら振り返った。珍しく時間があったので、今日は一緒に家を出ることになっていた。

「なにが？」

「噂とか、いろいろ」

「あー……うん、まぁ少しは。相変わらずガン見されるけど」

ついでに聞き耳も立てられているのを凜は気付いている。

噂によれば、凜は勇成の毒牙にかかったのだそうだ。勇成が特定の相手と何度もランチを取ったり遊びに行ったりしたことはなかったらしく、ついに本命かとも言われているらしい。女好きの勇成を落とした魔性の美少年、などという鳥肌が立つようなことまで言われているらしく、凜の胃は少しだけ痛い。

「そんなんじゃない、ただの先輩後輩だって言っても、信じてもらえないし。うんうんわかってるよ、とか言いながら全然信じてない」

相手の嘘がわかる凜にとって、口先だけの否定も擁護も意味がないのだ。本心で「応援してる」などと言われるのも、それはそれで複雑なものがあったが。

「友達付きあいを信じてくれてるやつもいるんだろ？」

「何人かはね。吉本なら友達になれるかも、って初めて思った」

「おまえも相当ひどいって自覚しろ」

「……してるし」

申し訳ないといつも思っているのだ。たとえば吉本だって、いいやつだと前々から思っていた。だがそれと、心を開けるかどうかは別問題なのだ。

「笠原勇成、だっけ？　そいつとはずいぶん簡単に仲よくなったな」

「誤解されやすい人なんだよ。傲慢とか言われてるけど全然違うし、自分勝手でもないし。人を見下してるとか言われてるけど、ただ背が高いだけだよ。普通に見下ろされてるだけじゃないのかなぁ」

「おまえへの態度だけが違うんだって聞いたけど」

「ルーツが一緒だから、ちょっと特別って思ってるとこはあるかもね。なんていうか、身内感覚?」

「身内ねぇ……」

「それに、あの人は嘘つかないいんだ」

もう何度も会ってかなり言葉を交わしたけれども、勇成が嘘を口にしたことは一度もなかった。言いたくないことはあるらしく、困ったような顔をすることはあるが、とにかく嘘は言っていない。これは凛にとって大きな意味を持つことだった。

「都合の悪いこと……悪い噂のこととか、ごまかそうともしないし」

「それは開き直ってるだけじゃないのか?」

「合意の上だって言うし、だったら僕がとやかく言うことじゃないじゃん。裏がないってだけで、安心出来るんだよ」

「嘘を言わないのと裏がないのは、違うと思うけど?」

「なんだよ、俊樹は反対すんの?」

「別に。従兄弟の交友関係に口を挟む気はないよ。俺は保護者じゃないからな。ま、ぱくっと食われてポイ捨てされないように気をつけるんだね」

「なんでわざわざ僕を……ないない、相手はいっぱいいるんだから」

笑いながら言おうとして、なぜだか上手く笑えなかった。

理由を考えることはしなかった。したら、取り返しが付かないことになりそうな予感がしていた。


大学にいるあいだは、相も変わらず不躾《ぶしつけ》な視線に晒《さら》される。ひそひそとなにか話している気配は不快だが、なるべく気にしないようにするのも少し慣れてきた。

勇成と出会って半月ほどがたち、同じだけ話題の人となってしまっているわけだが、少しは学生たちも飽きてきたようで、最初のときほどの熱心さはないようだった。

「よっ、いまから待ちあわせ」

「うん」

吉本に見送られ、凜はいつものラウンジへ向かった。

しかしながら、そこはもう以前のように穴場ではなくなって久しかった。凜と勇成が「密会」している現場として、一躍注目スポットになってしまったからだ。

凛はどうしても言いたいことがあった。もともとオープンスペースで外からも見える場所なのに密会もなにもないだろう、と。

ラウンジに着くとすでに勇成がカウンター席にいた。ラウンジの席はほとんど空いていないほど盛況だが、彼に声をかける者はいないようだった。

躊躇《ちゅうちょ》しても仕方ないので、凛は平静を装いながら勇成に近付き、声をかける。

「お待たせしました」

「ちょうど本が読み終わった」

意外なことに勇成は読書家だった。ジャンルは問わず、興味のあるものを片端から読むというタイプで、今日のセレクトはヨーロッパの伝説や伝承にまつわるものだ。

「ルキニアのって入ってました？」

「半分くらいそうだった。すごいな、やっぱ。日本で言うと八百万《やおよろず》の神……いや、妖怪に近いものがありそうだ」

「ああ……」

他愛もない話をしながら早々にラウンジを後にした。長々と話していても噂の種を増やすだけだからだ。

並んで歩くと、悔しいほど身長の差を、それ以上に体格の差というものを感じる。骨格から筋肉の質まで、なにもかもが違う気がしてならなかった。

「勇成さんって、本読んでる時間多いわりに、スポーツ選手みたいな身体してますよね。なんで？」

何気なく問うと、勇成は小さく嘆息し、ちらっと凜を見た。

「うん……それな。実はそれも、疑問の一つなんだよ」

「え？」

「俺も高校まではそれなりに身体鍛えてたんだ。不思議なのはそれが落ちないことなんだよ。普段の生活のなかで、多少は走ったり腹筋したりとかはしてるけど、その程度でキープ出来るわけねぇからな」

「あ……体質がどうの言ってたのって、それ？」

「俺の不思議な体質の一つだな。凜は？」

「僕は……ああ、でもうちの家系、異様に若いです。お祖母ちゃんなんて、マイナス三十歳くらいの見た目です。あそこまで行くと正直怖い」

凜の母親や伯母と並んで姉妹にしか見えないのは驚異でしかない。凜がルース家に寄りつかない理由の一つに、異様に煌《きら》びやかな親族たちに気圧《けお》されてしまうから、というのもあるのだ。

「いいな、それ」

「えー」

「凛もずっと若いままってことだろ？」

「それはどうかなぁ……」

「ま、年食っても凛は可愛いだろうけどな」

「な……なに言ってんのっ……」

自分でも理由がわからないままひどくうろたえてしまった。真っ赤になった顔を下に向け、凛は足元を見ながら歩いた。

勇成はときどきこんなことを言うから困る。可愛いだのきれいだのと言われても、いまさら気持ちなんてぴくりとも動かないはずだったのに――むしろうんざりしていたはずだったのに――勇成に言われると冷静ではいられなくなるのだ。

「大丈夫か？」

くすりと笑う勇成は間違いなく凛の様子に気付いている。気付いているどころか故意に言っている節《ふし》があった。

「……楽しそう」

「楽しいからな。反応が新鮮で」

「女の子じゃないんだから、可愛いとか言われても嬉しくないし」

「ふーん」

「恥ずかしいだけだし」

嘘じゃないと、凜は自分に言い聞かせる。嫌じゃないことは確かだが、嬉しくもないはずだった。ただひどく恥ずかしくて、落ち着かない気持ちになるだけだ。

凜の心情などわかっている、とでも言わんばかりの勇成は、相変わらず楽しげな様子で隣を歩いている。

二人で一緒にいるとき、話しかけて来る者はいない。つるみ始めて数日は、主に女子学生から話しかけられたものだったが、飽きたのか諦めたのか、あるいは容赦なく追い払おうとする勇成に負けたのか、めっきり近づいて来なくなった。

そのまま大学を後にしてしばらく歩き、勇成が見つけたという穴場のカフェに入った。取り残されたような古いビルの二階にある店は、駅とは反対方向の上にわかりにくい場所にあるため、大学から徒歩圏内なのに学生たちの姿はなかった。

通された席は、この店でたった一席しかないテラス席——と言えば聞こえはいいが、ようするにバルコニーにテーブルと椅子を置いたものだった。後付けのサンシェードでとりあえず直接日差しがかからないようになっている。観葉植物も置いてあるので、道行く人々の目からも十分に逃れられた。

「どうやってこういうとこ見つけるんですか？」

「近所だからな。ふらふらしてて、偶然」

「え？」

「おまえ、地理感覚ゼロか。言っただろ？　うち、大学から五分だって」

向かいに座った勇成はくすりと笑った。大学から歩いて五分程度のところに住んでいる、とは聞いていたが、地名までは覚えていなかったし、そもそもこのカフェがある場所とは地名が違っている。隣接しているなんて知らなかったのだ。

もとより、凜が地理を把握するのが苦手なのは事実だったが。

「……実は地図が読めない系男子です……」

「だろうと思った。ま、俺がいるから問題ねぇよ。勇成ナビは高性能だぞ」

「そんな気がします……」

「だろ？」

長い腕を伸ばして、勇成はいとも簡単に凜の頭を撫でる。まるで顔なじみの猫にでも触るように。

凜はなにも言わず、ゆっくり視線を景色へと移した。今のはどういう意味なのか、問うこともしなかった。

この二週間、凜は何度も勇成の言葉に翻弄《ほんろう》されてきた。言葉だけじゃなく、彼のしぐさにも動揺されられてきた。スキンシップの多い勇成は、なにかにつけて凜に触れてきて、凜をひどく惑わせた。

勇成は嘘をつかないけれど、凜が思っていた以上にタチが悪いのかもしれない。

「お待たせしました」

店員がコーヒーとアイスティーを運んできて、場の空気は否応なしに変わった。

「ところで勇成さん、明日暇ですか？　よかったら映画行きませんか。『スターシップ』の最新作が明日からなんですよ」

畳みかけるように誘いの言葉を向けると、勇成は困ったような表情になった。

「悪い。明日は……昼過ぎくらいまでしか無理なんだよ」

「あ、用事ですか」

軽くショックを受けている自分に気付き、凜は戸惑った。大勢いるセフレの誰かと会う約束でもあるのかもしれない、と思ったせいもあったし、ここ二週間ずっと凜は優先されてきたから、いつの間にかそれが当然のことと思い始めていたせいもあった。

そもそも優先というのは凜の思い違い——あるいは勘違いだとも考えられるのだ。学内で特定の相手と一緒にいることのない勇成が、時間さえあれば凜をそばに置いたからといって、それが優先されていることと同じ意味を持つとは限らないのだから。

萎《しお》れてしまった凜を見て、勇成は慌てて言った。

「いや、体調の問題」

「体調？」

「ああ。だから用事ってわけじゃねぇんだよ。悪いな」

「あ……うん、それはいいですけど、どっか具合悪いんですか？　だったらすぐ帰ったほうが……あ、医者とか……！」

今から明日は無理だと言うくらいだから、すでに体調は悪いと考えるのが普通だ。気遣わしげに見つめる凜に向けて勇成は困ったような顔をした。

それから少しの時間、沈黙があった。じっと凜を見つめる勇成がなにを考えているかはわからないが、ひどく迷っているのは確かなようだ。

やがてふっと息をつくのが聞こえた。

「特異体質なんだよ……俺」

勇成は少し声をひそめ、溜め息まじりにそう言った。彼はかすかに苦笑を浮かべていて、どこか自虐的にさえ見えた。

「……あの、特異……って？」

「普段の俺って、まったく眠らねぇんだよ。ずーっと起きっ放し。今も一ヵ月くらい寝てねぇ状態だし」

「は？」

「だろ。は？　だよな。俺も思うわ。けど、親父も祖父さんも、ひい祖父さんもそうだったんだ。とんでもねぇ体質、遺伝させてくれるよ」

「ちょっ……あの、ええ……？　それって……いや、確かにものすごい体質だけど……」

凛が想像していたものとはまったく違う「体質」だったが、確かに特異なことではあるだろう。普通の人間は一ヵ月も眠らずに生きていけるものではないのだ。

「けど？」

「……想像もしてない方向だった……」

「なに想像してたんだよ」

「あ……いや、あの……ケガがすぐ治っちゃうとか……」

自分たち一族がそうだから、とはもちろん言えず、凛は曖昧に笑ってごまかした。子孫を残せないという体質じゃないのはわかったので、それ以外の可能性を考えてみたのだが、結局治癒《ちゆ》能力以外は考えつかなかったのだった。

ところが勇成はあっさり頷いた。

「月イチでそれはあるな」

「え？」

「身体能力が異常に上がるというか……」

「やっぱりそれあるんだ……！」

興奮気味に身を乗り出すと、勇成は探るように凛を見つめた。

「もしかして凛もか？」

「あ……はい。でも身体能力は普通です。回復が超早いんです」

「へぇ……」

「あ、でも寝なくても問題ないっていうなら、人より時間がいっぱいあるってことですよね。普段は二十四時間、活動出来るってことでしょ？」

話を戻したのは、それ以上話を掘り下げられたくなかったからだった。無意識に凜はそうしていた。

プラスの意味でしか捉えていなかったが、勇成の表情は浮かなかった。

「それだけだったら問題はなかったんだけどな」

「問題って？」

「ここで、明日は約束出来ないってことに繋がるわけだ」

「あ……そうか」

「月に一回、だいたい二十四時間くらい意識が落ちるんだよ。眠るってより、バチッと電源落とされるって感じで」

「え、え？　あ、寝ることは寝るんですね？　一生起きてるってわけじゃなく？」

「だいたい月イチでな」

「それも月イチ？」

月に一度、二十四時間眠り続けたとしても、トータルすれば普通の人間の睡眠時間とは比べものにならないほど少ない。なにが問題なのだろうと首を傾《かし》げていると、勇成はまた苦笑した。

「場所も状況もおかまいなしなんだよ。たとえば歩いてようが話してようが、時間がくれば意識が落ちる……って言えばわかるか？」

「あ……」

「日時は把握できてるから事故は起きねぇけど、学校に行けない日も多かった。休日に当たればいいけど、そう上手くはいかないからな。おかげで病弱説は出るわ、親公認でサボってる説は出るわ……当然この先、仕事も限られて来るし」

体質そのものに困っているというよりは、月に一度なにもできなくなるという状況に困っている、ということらしい。確かに平日にフルタイムで働くような職場は難しいだろう。月に一度病欠したり有給休暇を取ったりするのも難しいはずだ。

「子供の頃からずっと？」

「十五になるかならないか、くらいだったな。親父と祖父さんもだいたい同じくらいだったらしい」

「へぇ……あ、お父さんって音楽家でしたよね？　だから仕事は大丈夫なのかな……」

「そう」

「お祖父さんは？」

「祖父さんは小説家で、ひい祖父さんは最初通訳やってたらしいけど、病気がちってことにして辞めて、翻訳やってた。ちなみにひい祖父さん、百まで生きたぞ。だから本当に健康に問題はないんだよ」

なんていうペンネームでどんな小説を書いているのか、興味はあったが今ここで聞くことではないだろう。そのうち機会があれば聞こうと思いつつ、凜は頷いた。

「見事に自由業……そうですよね。勤めるのは難しい……あ、日時わかってるってどういうことですか？　サイクル？」

「まぁサイクルと言えばサイクルだな。どういうわけか、俺たちは新月のときだけ起きていられないんだよ」

「し……新月……って、満月の反対ですよね？　あ、もしかして月イチで身体能力が上がるって満月のときですか？」

「そう」

「狼男《おおかみおとこ》みたい」

イメージとしては大きく外れていないなと、凜は勇成を見つめながら思った。少なくとも吸血鬼のイメージではないだろう。

勇成はふっと笑った。

「別に耳も尻尾も生えねぇぞ。曇ってようが昼間だろうが、関係ねぇしな」

「え？」

「実際に月が見えるかどうかは問題じゃねぇってことだよ。新月にしろ満月にしろ、時間は決まってるだろ？　たとえば明日の新月は十七時……夕方の五時頃だし、次の新月は朝の七時くらいだ」

「あ、ああ……そういうこと……」

「で、新月の時間から二十四時間、俺たちは眠っちまうわけだ。俺が実家にいた頃は、親父と祖父さんと三人でいっせいに死んだみたいに寝るから、かなりシュールだったって、祖母さんが言ってた。ま、シュールって言葉は使ってなかったけどな」

懐かしそうに目を細めるその様子を、凜は黙って見つめた。

勇成の家族構成は先日聞いたばかりだった。現在は祖父と父親と勇成の三人だけで、話に出た祖母は三年前に亡くなったという。両親は結婚をしておらず、父親は勇成の存在を何年も知らずにいたが、勇成が三歳のときに母親が突然現れ、父親に引き取るよう迫ったという。別の男と結婚するためだった。邪魔になったわけじゃないと彼女は言ったらしい。ただ結婚相手が子供嫌いで、勇成が虐待されてしまうかもしれないから仕方なく……と泣いていたそうだ。本当は手放したくないと。

勇成はシニカルに口を歪《ゆが》め、淡々と語っていた。母親の主張を信じていないのだと思った。

母親はそれきり、一度も会いに来ないそうだ。最初の数年は誕生日にプレゼントを贈ってきたが、数年後には途絶えてしまったと。

彼は祖母に育てられた。母親の記憶がまったくないと言っていた。どこにいるのかは知っているが、会いたいと思ったこともないし、向こうからも連絡はいっさいないらしい。

祖母を語るときの顔と、母親を語るときの顔は、まったく違っていた。それはそのまま想いの違いなのだろう。

「あの、一度眠ったらぶっ続け？」

「そう。なにしても起きねぇよ。ガキの頃、親父と祖父さんが寝てるとこ起こしてみたけど、マジで反応なしだった。寝てるってより仮死状態に近いかもな」

「え、ちょ……待って。それって、もし寝てるあいだになにか……火事とか地震とかあったらどうするんですかっ？」

「どうにもならねぇな」

「実家に帰ったりとか……」

「いちいち帰るのも面倒だし、今まで特に問題なかったし、そんときはそんときだ」

「ダメです……！」

かろうじて大声にはならなかったが、凜の剣幕に勇成は目を瞠った。

「ダメと言われてもな……」

「僕に泊まり込みさせてください。勇成さんが起きるまで僕が責任持って見ます！　あっ、見るってずっと見てるって意味じゃなくてっ、なにかあったときに対応出来るようにって意味で……っ」

あわあわと慌てふためきながら言い訳じみた説明をすると、驚いていた勇成がくすりと笑った。

「なんだ、見守っててくれるのかと思った」

「……見守っててもいいですけど」

「じゃあ頼もうかな。ただし、眠くなったらちゃんと寝るって約束しろよ」

「はい」

明日の約束を取り付け、帰ったら荷物を用意しなければと小さく頷く。人の家に泊まるのはずいぶんと久しぶりで、にわかに緊張してきた。思えば小学生のときに数人で近所のクラスメイトのところへ泊まったきりではないだろうか。

気がつくと、勇成にじっと見つめられていて、ドギマギしながらも冷静を装った。

「なんですか?」

「いや、あっさり信じるんだな……と思って」

「え……?」

「こんな話、普通信じねぇだろ。大丈夫か? そんなんじゃ、簡単に騙されちまうぞ」

心配そうな顔をされて、凜は戸惑った。

相手の嘘がわかってしまう凜には、騙されるなんてあり得ない。勇成の言葉は真実だった。それだけのことだ。

勇成に言ってしまおうか。ふとそう考え、すぐに否定した。まだその勇気はない。凜の秘密は、勇成のそれよりもずっと人間関係に弊害が生じるものなのだ。嘘を見抜くなんて、付きあうときに身がまえられたり、警戒されても不思議ではないのだから。

「自分は騙されない、って顔してるな」

「っていうか、ルキニアだからそういうこともあるのかな、っと思って。前、母親に勇成さんの話をしたときも、珍しいねって言うだけで、全然疑ってませんでしたよ？」

「そういうもんか……」

「それより勇成さん。普通信じないって思ってるのに僕に言ったんですか？　もしかして何人かに打ち明けてたりします？」

「いや、初めてだぞ。言えねぇだろ、こんなの」

どこか投げやりな様子から、勇成が自分の体質を持てあましているらしいと知れる。人の何倍も時間を使えるなんていいことのように思えるが、当人にとっては忌《い》まわしいものなのかもしれない。これまで無事だったからと言って、これからもそうだとは限らないだろう。アクシデントはいつ訪れるかわからないのだし、一生を共にしたいと思った相手が出来たとき、相手が勇成の体質を受け入れてくれるとは限らない。まして遺伝するらしいから、人によっては嫌がるかもしれない。

「……だから、特定の彼女作らないいんですか？」

「それは関係ねぇよ。ただ縛られるのも嫌いで、ちょっとうんざりしてるところはあるかもな。昔の彼女……っていうか、まぁちょっと付きあってみた相手が、そういうタイプでさ」

勇成の言葉にはやはり嘘がなかった。ほっとしたのに、どこかでちくりとした痛みも感じて、凜は目を伏せた。


迷うといけないから、と言われて駅で勇成と待ちあわせた凜は、ランチを食べて買いものをした後、オフィス街の一角にあるマンションへと案内された。

時刻は午後三時を少しまわったところだ。新月の時間までにはまだ時間があった。

「まさか、こんなところだったとは……」

想像していたよりもずっと高級そうなマンションに凜は気後れしていた。凜が俊樹と住んでいるマンションも学生には不釣り合いだと思っていたが、ここはそれを遥《はる》かに上まわっている。

都心部と言って差し支えない場所で、複数の路線が利用できるという好立地。敷地内にはオフィスビルや飲食店が入っている商業施設があり、マンション棟は隣接する形で建っている。だが商業ビルと反対側にはまるで公園のような前庭が広がっていた。

「……1LDK詐欺だ」

「なんだよそれ」

確かに間取りとしてはそうなのだろうが、広さが普通じゃない。普通のマンションだったら2LDKくらいにするはずだし、物件によっては3LDKにしてしまうかもしれない。そのくらいの面積だ。

「勇成さんの家って、超金持ちなんですね」

「ここが一番近かったんだよ。特異体質のこと考えると、大学からすぐってのがベストだからな」

「それはそうですけど……」

「おまえのとこだって大概だろ?」

「ここまでじゃないです。っていうか、なんでリビングにベッド置いてあるんですか」

キッチンとダイニングから続くリビングは、その部分だけで二十畳以上はあるのだが、なぜかベッドが置いてある。ベッドにもなるソファが形を戻されずに置いてあるわけではなく、どこからどう見ても特注サイズの——勇成の体格にあわせた——ベッドだ。代わりにソファはなかった。

「せっかくいいマンションなのに、突っ込みどころ満載なんですけど。テーブルもないじゃないですか」

「メシはそこらで座って食ってる」

「……ソファとか椅子とか、ないんですね」

持って来たレポートをどこでやればいいいんだろうか。凜は室内を見まわしながら、わずかに眉根を寄せた。

「机ならあっちの部屋に……どうする？　一応ソファもあるし、俺があっちで寝ようと思ってたんだけど、そうすると勉強のとき気が散るか」

「え、勇成さんはベッドで寝てください。なにしても起きないってことは、僕がテレビ見てても料理しててても平気ってことですよね？」

「ああ、殺されても起きねぇから」

「殺されたら起きられないです。って、そんなことはともかく、貴重な睡眠なんだからベッドで寝たほうがいいですって。こんな立派なやつなのにもったいないでしょ」

大きさもさることながら、造りもしっかりしていて寝心地もよさそうだ。価格も相応なものなのだろう。

凜がベッドでの就寝を強く推すと、勇成は笑いながら頷いた。

「料理もしないんですね。なんかあんまり使った形跡ないんですけど」

キッチンを覗き込み、凜は確信した。ＩＨのコンロもだが、換気扇が異様なほどきれいなのだ。まったく料理をしないかプロが掃除しているかのどちらかだろうが、水垢《みずあか》ひとつないシンクを見る限り後者の可能性が高い。

勇成はひょいと首を竦《すく》めて笑った。

「面倒なんだよ」

「コンビニ頼りですか？」

「デリバリーとかな。あ、なにか飲みたかったら勝手にどうぞ。そのへんなんでも好きに使っていいぞ。冷蔵庫のなかも自由ってことで」

「あ、そうだ。入れなきゃ」

買ってきた食材や総菜を冷蔵庫に入れようとして開け、中身が非常に残念なことに溜め息が漏れた。

無駄に大きな冷蔵庫のなかはガランとしていて、目立つのはビールや清涼飲料水といったあたりで、食材は極端に少なかった。賞味期限が切れたチーズや干からびたベーコンなど、問題があるものもあった。

「寝てるあいだに、いろいろ捨てたりしますよ」

「よろしく」

「寝る前になにか食べます？」

「いや、いい。明日の晩メシ、よろしくな」

「はい」

買ってきた食材はそのためのものでもあるのだ。新月になるのは夕方の五時過ぎで、勇成は翌日のほぼ同時刻に目覚めるらしい。

「ところでさ、そろそろその口調やめねぇか？」

「え？」

「もうちょい距離縮めようぜ。もともと先輩後輩って関係でもねぇだろ？」

「それは、そうですけど……」

凜と勇成の繋がりはルキニアだ。どちらにとっても祖国ではないが、自分たちのルーツであることには違いなく、妙な連帯感を生み出していることは確かだった。

そして凜にとっては、泊まりに来るほど気楽に付きあえる相手でもある。これはルキニア人の血を引く人間に巡り会うよりもずっと希有《けう》なことなのだ。

「うん、じゃあ……そうする」

「ついでに、さん付けもいらねぇから。なんか、さん付けってむず痒《がゆ》くねぇ？」

「うーん……確かに凜さん、はないなぁ……」

記憶の限りでそんな呼ばれ方をしたことはなかった。身内は名前を呼び捨てだし、同年代からは名字で呼ばれることが多い。たまに女の子が下の名前で呼んでくるが、その場合は凜くん、だった。

「勇成、って呼んでみな」

「えっと……勇成」

意外なほどしっくり来て、自分でも驚いてしまった。まるで最初からそれが自然なことのように思えた。

満足そうに笑った勇成は、ベッドに座って凜を見上げた。

「座れば」

「あ……うん」

人のベッドに座ることに躊躇しながら、凜は言われるまま浅く腰かけた。

「まず来ないだろうけど、もし誰か来ても出なくていいからな」

「誰か……って、たとえば……?」

もしかして付きあっている女性だろうか。だとしたら嫌だと思ってしまった。凜には関係ないはずなのに、想像するだけで不快な気分になる。

「そうだな、宅急便とか。あ……そうか、女だったら……って話か?」

「うん、まぁ……」

「女は来ねぇから心配すんな。どこに住んでるか、誰にも教えてねぇんだよ。もし知ってるとしたら、俺の跡をつけたか探偵雇ったか……だな。もしそうだったら怖ぇから、絶対に出んなよ」

勇成の言葉に嘘はなかった。付きあっている女性はおろか、友人にも内緒にしているようだ。とはいえ、勇成にはさほど親しい友人はいないらしい。特に男からの評判が悪いせいもあるだろうが、彼もまた自分の体質のせいで、人付きあいから逃げている節があるのだ。

「わかった」

この気持ちが安堵《あんど》であることは確かだった。その意味を深く考えることはとても怖くて、故意に考えることを放棄する。

他人との距離がこんなに近いのは初めてだから、凜にはまだその対処法すらわかっておらず、日々うろたえてばかりだ。普通の人にはなんてことのない距離や会話が凜にとっては刺激的で新鮮で、うろたえることすら楽しいと思えてしまうのだが。

「勇成も、友達いないよね」

「も？　凜はかなりいるだろ？　人気者で、いつでも人の中心にいるタイプだって聞いたぞ。おかげで一部の連中から俺が恨まれてる」

勇成が笑いながら言うので、釣られて凜も笑った。

「なにそれ」

「俺が独占してるとか、付きあいが悪くなったとか」

「あー、それは直接言われた。でも実はそんなに変わってないいんだよ。中心って言うけど、僕はただ一緒にいるだけだし」

会話の中心はむしろ吉本だ。凜は隣にいるだけなのに、他者からは中心にいるように見えるらしい。

「ようするに華があるってことだろ」

「へ？」

「おまえと友達になりたがってるやつは多いって聞くぞ」

勇成はどこからか凜の話を聞いたらしい。凜の耳にいろいろな人が勇成の話を入れるように、逆もあるということだろう。

「イメージにごまかされてるんだよ。僕と友達になったって、つまんないのにな」

「そんなことねぇだろ。俺は楽しいぞ」

「そ……そう？　なら、よかった……」

また動揺してしまった。ほんの少しだけ心配していたから、こんなふうに言ってもらえるのは嬉しかった。

勇成と親しくなるにつれ、自分が秘密を抱えたままでいいのかと自問することが増えてきた。嘘は言っていない。だが本当のことも言っていない状態なのだ。

俊樹はそれが当然だと言う。どんなに親しい相手にだって言っていないことの一つや二つあるものだと。

確かにそうだろう。わかっているが、心苦しくて仕方なかった。

「凜？」

「あ、ごめん。ちょっとぼんやりしちゃった」

「具合悪いわけじゃねぇよな？」

問いかけと同時に額に手を当てられ、さらに確認するように首も触られた。思わずびくっと身を竦めると、バツが悪そうに勇成は手を離した。

「悪い。こんなことしてるから、いろいろ言われるんだな」

「いろいろ？」

「凜が俺の毒牙にかかったとか、汚されたとか。俺の素行が悪いせいだけどな」

「それ……直す気ないの？」

複数の相手と身体だけの付きあいをすることを、責めるつもりはなかった。その権利もないと思っている。だが続けて欲しくないとも思ってしまった。

ひどくもやもやとした気持ちを抱えて凜は答えを待った。勇成の顔を見て待つことは出来なかった。

「……これも遺伝、だったりしてな。親父も祖父さんも、若い頃はひどかったらしいから。たぶんひい祖父さんもそうだろ」

「え？」

「俺の母親とも、身体だけの関係だった、ってことだよ。だったらちゃんと避妊しろよ、って思わねぇか？」

冗談めかした言葉だったが、とても同意なんて出来なかった。思わずかぶりを振ると、勇成は意外そうな顔をした。

「してたら勇成生まれなかったじゃん。ダメだよ、それは」

「ダメか」

「うん、ダメ」

「そうか……」

まじまじと凜を見つめた勇成は、ふっと笑った後、いきなり飛びつくようにして凜を抱きしめた。

「っ……」

心臓がどきんと跳ね上がる。長い腕のなかに凜はすっぽりと抱き込まれていた。体温さえ感じられるほど身体が密着し、速い鼓動が伝わってしまわないかと不安になった。

「やっぱ可愛いわ、おまえ」

耳元で響く声にざわりと背筋が震え、思わずぎゅっと目を閉じる。もう慣れたと思っていたのに、触れるほど近くで聞くこの声の威力は抜群だった。力が抜けて、勇成にもたれかかることになってしまった。

心臓の音が耳にまで聞こえてきそうだった。

(これはただのハグ……！　うちの人たちもみんなやってること！)

母親の影響で、凜の家族はなにかとハグをする。きっと勇成も、曾祖父からこの手の習慣が伝わっているに違いない。

ただでさえスキンシップが激しい男なのだから、きっとこれからもこういうことはあるだろう。いちいち反応していたら、変に思われてしまう。

「……勇成？」

すぐ離してくれるかと思っていたのに、いつまでたっても凜は勇成の腕のなかだった。凜は肩口に顔を押しつけられている状態なので、勇成がどんな顔をしているかわからなかった。

「なんか、離すのが惜しくなったな」

「なに言ってんの」

「いや、マジで。抱き心地がやたらいいんだよ。別に柔らかくもねぇのにな」

「どうせ女の子みたいにふわふわじゃないですよ」

少しだけおもしろくなくて、つい拗ねたようなもの言いになってしまった。だが凜は男なのだから仕方ないではないか。妹の亜里紗《ありさ》のように柔らかくもふわふわもしていないのは当然だ。

自分から勇成を少し押してみたら、ようやく離れていった。寂しいと思ってしまったことは当然内緒だ。

「そろそろお風呂《ふろ》入らないと」

「あ、もうそんな時間か」

仕方ないと言わんばかりの様子で勇成は立ち上がった。眠る前には風呂に入るのが習慣らしい。

「行ってくるわ。なんでも好きにやっててくれ」

バスルームに向かう勇成を見送ってから、凛は窓辺に寄った。十階からの景色は、凛の部屋からの景色とは違ってビルばかりだ。それでも敷地に余裕があり、広場のようなスペースのおかげで、向かいのビルとは距離があって圧迫感のようなものは感じない。

油断すると意識がさっきのハグに持って行かれてしまう。思い出すだけでドキドキして落ち着かない気分になった。

「……部屋、見てみようっと」

気分転換しようと思い立ち、凛はまだ入っていない部屋を覗くことにした。凛が泊まることになる部屋だ。

一応形ばかりのノックをして、そっとドアを開ける。

「おじゃましまーす」

照明を点《つ》け、なかに入った。広さは十畳近くあるだろうか。勇成が寝転がったら足がはみ出るだろうソファと大きめの机、そしてキャビネットがいくつか並んでいる。机の上にはパソコン、そしてなぜか画材が無造作に置いてあった。

絵を描く趣味でもあるのだろうか。何気なく近付いて、凜ははっと息を飲んだ。

先日俊樹が買ったCDが置いてあり、横に企画書が添えてあった。読む気はなかったが、文字が飛び込んできてしまった。慌てて目を逸らすと、そこには数冊の本が積んである。シリーズもので、装丁の絵がどう見てもCDと同じ人物によるものだった。

「え、えー……」

企画書を見てはいけないと言い聞かせ、代わりに積んである本を一冊手に取った。装丁の絵は全体的に青の色彩で、近代的な街並みが描かれている。

著者近影の写真を見て凜は確信した。

「絶対これ、お祖父さんだ……」

写真の人物はどこか勇成に似ていた。勇成よりは西洋人に近い顔立ちだが、面影《おもかげ》はあった。ペンネームを見てもピンと来ないのは、凜がまったく読まないハードボイルド系の小説だからだ。

そして広げたままのスケッチブックには、まるで走り書きのように一ページのなかにいろいろなものが書いてある。そのうちの一つは先日行ったカフェから見た景色だ。

「これって、つまり……いやでも、まさか……」

勇成が絵を描くなんてまったくイメージにはなかったが、こうして一人暮らしの部屋に画材やスケッチがあるのだから、彼の手によるものなのだろう。しかもすでにプロとして仕事をしている、ということになる。

父親が音楽家で、祖父が小説家だと言っていた。ではこのCDのアーティストは父親なのだろうか。

机の上を眺めながらブツブツ言っていると、突然部屋のドアが開いた。

はっとして顔を上げると、風呂から上がった勇成が入って来るところだった。

「ご、ごめんっ、見ちゃった……！」

「いや、別に。隠しておきたいなら、そもそも部屋に泊めようとしねぇし」

「そ、そう……よかった。あの、これって……？」

本やCDを見ながら尋ねると、勇成は本を手に取り、さっきまで見ていた著者近影の部分を凛に見せた。

「一応、仕事。身内が積極的に使うんだよ。照れくさいっつーの」

「じゃ、やっぱこれお祖父さん？」

「ああ」

「似てるもんね。それと、もしかしたらこっちはお父さん？」

「当たり」

勇成の説明によると、昔から絵を描いていて、いくつか賞を取ったこともあったのだという。仕事になったのは祖父の本の装丁だった。孫可愛さなのか、あるいは単に気に入ったか、とにかく祖父の強い希望で素人《しろうと》の勇成が装画を担当することになり、その評判がよく、以後いろいろな仕事がまわってくるようになったという。

「まだ四年くらいなんだけどな。気がついたら、絵自体が売れるようになってた」

「すごい……」

「意味わかんねぇほど高い金出すやつもいて、正直理解出来ねぇ。向こうがそれでいいってなら、別にいいけどな。ものの価値なんて人それぞれだし、欲しいやつが多ければ価値は上がるもんだし」

だが気が知れない、と呟いて、勇成はひょいと肩を竦めた。そんなしぐさも様になってしまうのはさすがだった。

勇成は卑下しているわけではないのだろうし、自分が思う以上の価値を付けられることに不安を覚えているわけでもなさそうだ。自分を中心に多額の金が飛びまわっていることを皮肉っているだけだ。

「でも、僕は好きだよ」

「サンキュ」

「ペンネーム？　っていうのかな、このリクハルドって、どこから取ったの？」

「それはひい祖父さんの名前だよ」

「なるほど……。あ、そう、これこれ。このCDを従兄弟が買ってきたんだけど、ジャケット に釘付《くぎづ》けになっちゃってさ。なんていうか、一目惚れ？」

「嬉しいけど……」

「けど？」

「絵じゃなくて俺にして欲しかった……かな」

「え？」

「そろそろ時間だから、行くわ」

勇成はなんでもないことのように続け、部屋を出て行ってしまう。

凜はその場から動けなかった。

今のはどういう意味なんだろうか。いや、意味などなく、ただの軽口――あるいは冗談だったのだろう。なのに凜は見事なまでに翻弄されてしまった。

「ああ、もう……！」

勢いよくかぶりを振った後、凜は大きく深呼吸した。ふと時計を見たら、もう五時を過ぎている。もう数分で勇成が眠りに落ちてしまう時間だった。

急いで部屋を出て、リビングへ向かう。いや、ベッドがあるのだから寝室でもあるのだ。

勇成はすでにベッドに入っていた。

「明かりとか音とか、本当に気使わなくていいからな」

「うん」

「ソファが寝にくかったら、このへん……空いてるスペースで寝てもかまわねぇよ」

「は？」

「でけぇし、俺は絶対起きねぇから大丈夫だしな。まぁ、嫌じゃなかったら」

「う……うん……」

またも凜は動揺させられた。勇成にしてみれば気を使ってのことなのだろうし、当然他意なんてないはずなのに、凜だけが変に意識してしまってドキドキしている。

まるで道化《どうけ》だと思った。

「じゃあ、二十四時間後に」

「……おやすみなさい」

「おやすみ」

勇成が目を閉じるのを見てから、凜は時計に視線をやった。それから一分もしないうちに時計の数字は新月の時間を示した。

ふたたび勇成を見たが、さっきとなにも変わらないように思えた。勇成の話によると、スイッチが切れるように意識が落ちるらしいので、本当にもう眠っているのだろうけれども。

近付いて、ベッドの端に乗り上げた。そうでもしないと、この大きすぎるベッドでは勇成のそばに寄れないからだ。

傍《かたわ》らに膝《ひざ》を突いて、顔を覗き込む。あらためて見ても、きれいな顔をしていると思った。女性的な美しさではなく、あくまで男性のそれだ。

「さっきの、なに……？」

問いかけのような独り言に返事はなかった。

今までも勇成の言葉や行動に動揺させられてきたが、泊まることを決めてからそれがひどくなった気がする。

あれらは親しみの表れなのだろうか。

そっと勇成に手を伸ばし、指先で頬に触れてみる。もし起きていたら後でからかわれるところだが、眠ったらなにをしても起きないのは事実らしい。安心して、次は髪に触れてみた。思った通り、少し硬い感触だ。

「寝顔はちょっと可愛いよね」

普段は自信に満ちあふれた、悪く言うとふてぶてしい印象なので、無防備な表情は新鮮だ。いつもより少し若くも見える。

ゆっくりと髪を梳《す》き、はたと我に返った。

「わっ……」

慌てて手を引っ込めて凛は真っ赤になった。

自分のしたことが急に恥ずかしくなり、逃げ出したい衝動に駆られてベッドを下りる。誰も見ていなかったことがせめてもの救いだ。

「ご……ご飯作ろう……」

とりあえずは自分の夕食を作り、ついでに明日の仕込みをしよう。勉強をする予定だったが、今のこの状態ではまったく手に付かないだろうから。

凜はキッチンに入り、買ってきた食材を冷蔵庫から出した。

ここからベッドが——勇成が見えないことで、ほんの少しだけ気持ちは落ち着きを取り戻した。

あれから料理をして一人で夕食を取って、仕事部屋を借りて夜中までレポートをやった。ときどき勇成の様子を見に行ったが、寝入ったときとまったく変わらぬ体勢でこんこんと眠り続けていた。

凜は結局、仕事部屋のソファを借りて寝たのだが、あまりよく眠れなかった。慣れない場所というのもあったが、最たる原因は勇成が気になって仕方ないことだった。単純に様子が気になったのと、寝る前の彼の言動と、二つの意味で。

そのせいもあって、日中は少しぼんやりしていたのだ。夕食の準備をあらかた終えた後、何度目かの様子見のためにベッドサイドに座り、どういうわけかその先のことを覚えていなかった。

気がついたとき、凜はベッドで眠っていた。正確に言うならば、目が覚めたらベッドにいた、ということになる。

「……え？」

目の前に勇成の顔があった。距離にしてほんの三十センチほどだ。じっとこちらを見ていて、目があうなりふっと笑った。

息を飲んでがばっと身を起こし、凜は時計を見た。

夕方の五時半をまわっていた。二十四時間が経過したのだ。様子を見ようとしたのが四時前だったので、一時間半程度眠ってしまったことになる。

「ご、ごめんっ……」

「昨夜、眠れなかったのか？」

「あ……うん、ちょっと……」

とっさにごまかそうとしたが、嘘はつきたくないから頷いた。勇成が嘘を言わない以上、凜だって絶対に言いたくなかった。

「それでか。目が覚めたらおまえがそこに突っ伏して寝てたから、引きずり込んだんだよ」

勇成はベッドサイドと自らの隣を順番に指さした。

「起こしてくれれば……」

「気持ちよさそうに寝てたからな。せっかくなんで、寝顔見てた」

「い、意味わかんないし！」

なにが「せっかく」なのか、まったくもって意味不明だ。しかも寝顔を見ているなんて、と思い、自分もさんざん眺めていた事実を思い出した。

人のことをとやかくは言えない。

「寝顔、可愛かったぞ」

「っ……！　ご、ご飯の用意してくるっ」

凜はベッドから飛び出してキッチンへ逃げ込んだ。昨日から仕込んでおいたシチューを温め直し、トーストを焼くあいだにサラダを盛りつけた。まだまだ料理は初心者なのでこれが精一杯だ。だが味のほうは上出来だと思っている。

丸一日眠った後とは言え、朝食メニューである必要はないと言われていた。そして勇成は和食よりも洋食を好むのだ。

ふと気がつくと、勇成がカウンターキッチン越しに凜を見つめていた。

「な……なに？」

「いや、なんかいいなと思って」

「なんの話？」

「起き抜けに誰かがいて、メシ作ってくれる……ってやつ。うん……すげぇいいな。幸せって感じ？」

さらりと告げられた言葉に、凜はときめいてしまった。勇成は大きな意味もなく言ったに違いないのに。

（乙女《おとめ》か、僕はっ……！）

動揺を悟られまいと下を向いたままシチューをレードルでかき混ぜる。ここまで来て焦げ付かせるわけにはいかない。

カウンターに手を突いて少し身を乗り出す様子は、まるでご飯を待ちきれない子供のようだったが、勇成の容姿と雰囲気は二十歳《はたち》とは思えない大人《おとな》びた色気を漂わせている。ただそこにいるだけなのにエロティックだった。

「新婚さんみてぇだな」

「なっ……」

手にしたレードルが落ちて鍋の縁に当たった。思わず見つめた勇成の表情はひどく甘ったるく、みるみるうちに凜の顔は赤くなった。

からかわれるかと思ったのに、勇成は目を細めて笑うだけだ。

「手伝おうか？」

「い……いいっ……」

力んでそう返した凜に、勇成はなぜかふうと溜め息をついた。

「……それ、別んときに聞きてぇ……」

「は？」

「いや、こっちの話。それよりどこで食うか……」

見渡す限りテーブル代わりになりそうなものはない。凜もいろいろと見てまわり、諦めたところだったのだ。

「あっちの机しかないよ」

「だよな。今日は床で食うか」

「……うん。あ、これ持って行って」

トレイなんてものも当然のようにないので、出来た食事を運ぶのは各自でということになった。食器があったのは奇跡的だと思った。ただし数はそう多くはないが。

「いただきます」

フローリングの床に腰を下ろしての食事となった。なんだか変な気分だ。

「お、美味い。意外と」

「意外は失礼だよ」

本心からの言葉だとわかるから、嬉しい反面、少しおもしろくなかった。どうやら勇成は凛の料理の腕に期待していなかったらしい。

「やっぱテーブル買うか」

「そうだよ」

「今からでも行けるか……よし、食い終わったら買いに行く」

「い、今から？　いや、そりゃ開いてるだろうけど……」

まだ六時だし、食事を終えてから出てもゆうに七時前には入店出来るだろう。大手メーカーのショールームや海外ブランドのインテリアショップなども、マンションの最寄り駅から数駅先にあるらしい。

「……一緒に行ってもいい？」

「だったらついでに遊んで行こうぜ」

誘われるまま凛は頷いた。予定では食後に帰ることになっていたのだが、もう少し勇成と一緒にいられることになったのだ。

嬉しくて、自然と顔が綻《ほころ》んでた。


俊樹が待つ自宅に戻ったのは、日付が変わるか変わらないか、という頃だった。

「ただいま！」

機嫌良くリビングに顔を出すと、俊樹は音楽を聴きながらノートパソコンに向かっていた。レポートらしい。

かかっていた音楽は、まさしく勇成の父親のものだった。

「聞いて！　これ、これこれ！　勇成のお父さんだった……！」

「……へぇ」

かなりのサプライズだと思っていたのに、俊樹の反応は薄かった。てっきり驚いてくれると思っていた凜は拍子抜けし、無感動な俊樹にムッとした。

「なんで驚かないんだよ」

「昨日、友達から聞いたから」

「え？」

「それと、笠原の祖父さんって作家の笠原蔵人《くろうど》なんだってね。何冊か読んだことあるよ」

つまりほぼ同時に勇成の家族のことを知ったわけだった。だったらこれはどうだと、凜はCDジャケットを指さした。

「これ描いたの勇成ってことは？」

「……そうなのか？」

「やった、知らなかった！」

なぜか勝ったような気持ちになって、凜は心のなかでガッツポーズを取る。そんな様子を、俊樹は冷めた目で見ていた。

そこに驚きや感動はなかった。

「こっちは非公表なんだろうね。ま、学生だからだろうけど」

「うん、すごいよね。こういう仕事だけじゃなくて、絵そのものも売れてるんだって！　やたらすごいマンションだから実家が金持ちなのかと思ってたら、自分の収入だって言うし。すごくない？　なんか、自分が好きって思った絵を描く人が、自分の知りあいだったなんて、びっくりだよ」

話し出したら止まらなかった。仕事部屋で見たスケッチのことや、次のＣＤジャケットの話など、次から次へと話題が出てくる。そのうち作ったビーフシチューの話や、テーブルがなくて買いに行った話など、テンションに任せてしゃべる凜を、俊樹はもの言いたげな顔で見ていた。

やがて彼は溜め息をついた。

「もう手遅れか……」

「なにが？」

きょとんとする凜に、俊樹は神妙な顔で向き直る。

「凜は、笠原勇成が男もいけるやつだって、知ってるのか？」

「は……?」

切り出された言葉がとっさに理解出来なかった。ゆっくり頭のなかで繰り返し、そして意味を悟って目を瞠る。

それはつまりバイセクシャルである、ということだ。

「し……知らなかった……」

「じゃあまだ手は出されてないってことか」

「ま、まだって……」

手を出されることが前提のような言いぐさに凜は絶句する。同時に自分と勇成のあいだに性的な関係が生じる可能性を考えてしまって、ひどくうろたえた。

嫌だと思ったわけじゃない。むしろ——。

「で、でも泊まったけど、別になにもっ……」

たとえ勇成が二十四時間眠りに就いていたとは言え、その前後に機会を作ろうと思えば作れたはずだ。つまり勇成は凜に対し、性的な興味はない、ということだ。

遠まわしにそう主張すると、俊樹はふーんと無感動に頷いた。

「セフレへの扱いは本当にひどいらしいよ。ホテルに呼び出して待たせといて、来たらすぐ始めて、やり終わったらさっさと……っていうか、相手を抱きつぶしといて帰るって感じらしい。で、待たせてる別のセフレと会う、みたいなね。セフレのハシゴって、どんな絶倫だよって思わないか？」

「そ、そっちのことはよくわかんないけど、僕が知ってる勇成は優しいし……たぶん、弟みたいに思ってるんじゃないかな。だから……」

自分で言ったことに傷ついているのを自覚してしまう。そして勇成のセフレたちのことが気になって仕方ない。

もう観念するしかなかった。これまで何度も思いかけ、そのたびに考えることを放棄して自分の感情に蓋《ふた》をしてきたが、さすがにこれ以上は無理だ。

（好き……なんだ……）

凜は恋をしている。凜にはとても優しいけれど、多くの人にとっては不誠実きわまりないあの男に。

じっと凜を見つめていた俊樹は、やがてふたたびパソコンのディスプレイに目をやった。

「まぁ、いいんじゃない？　凜にとって、問題ないやつなら」

俊樹のスタンスは相変わらずだ。心配はしてくれるが、あくまで判断は凜自身にゆだねる。これがなにか命や犯罪に関わることならば話は別だが、基本的に彼は凜を突き放しているのだ。個人主義とも言える。

ぼんやりとしながら自室に入り、凜はベッドに腰かけた。

これからどうやって付きあって行けばいいのか、自問をしながら溜め息をついた。

連日の雨にうんざりしながらも、凜の毎日は楽しいものだった。バラ色とまでは言わないまでも、浮き立つような気分で過ごしていることは間違いない。

自分の気持ちを自覚した直後は動揺し、とても勇成と今までのように付きあえない、などと悲観していたものだったが、わりとすぐに片思いが楽しくなってしまったのだ。

ぎこちなく接していたのも最初の数日だけで、今では以前と変わらず話すことが出来る。人間は慣れる生きものなのだと思い知った。

凜は勇成のことが好きだけれども、この想いを成就させたいとは思っていなかった。たとえ勇成が同性も抱ける人間だからといって、恋愛対象までそうだとは限らない。そもそも凜は対象から外されている可能性が高いし、勇成の話を聞いた限りでは、彼はパートナーを欲していないようにも思える。

今の関係でいいのだ。一緒にいるだけで楽しいし、自分が勇成にとって特別なのは確からしいから、それで十分だと思った。

「週末、また泊まりに来いよ」

勇成からそんなことを言われたのは、もうすぐ六月が終わろうかという頃だった。勇成の部屋に泊まってから――つまり凛が自分の気持ちを自覚してから約二週間がたっていた。

今日の昼休みは、大学から五分の勇成の部屋で買ってきた数種類のパンを食べている。場所などどこでもよさそうなものだが、人目がないのがいいということになって、何度かこうしてランチを取っているのだった。

「来ていいの？」

「当たり前だろ。これ、もっと使わねぇと」

あの日、二人で選んで買ったダイニングセットは天板がガラスの、シンプルモダンと言われるものだ。そこに揃いのランチョンマットを置き、買ってきたコーヒーとサラダと一緒にパンを食べている。

「やっぱ、これで正解だったな」

気に入ったセットがもう一つあったのだが、悩んだ末に決めたのだ。二人でああでもないこうでもないと言いあうのはとても楽しい時間だった。

「普段ちゃんと使ってる？」

「あると便利だよな」

「普通あるから……！　ちゃぶ台でもなんでも、とにかくあるのが普通だから。変なとこで外れてるよね」

勇成の少し変わった部分も、アーティストだと知ってからは、仕方ないのかもしれないと思うようになった。この男がペンや絵筆を握っているなんて、見た目からは想像出来ないけれども。

「……かもな」

「自覚あるんだ？」

「外れてるっていうか……対人関係に問題があるってのは、わかってる」

それは凜も同じなので、苦笑をこぼすしかない。凜が今みたいに付きあえるのは、身内以外では勇成だけなのだ。

「それはまぁ、お互いさまだけど」

「実は自分から誰かを誘うのは初めてなんだよ」

「え？　マジで？」

「マジマジ。相手から誘ってくるのが普通だったからな。後は、話してるうちになんとなく決まったりとか」

「あーなるほど」

実際、凜との約束はいつもそのパターンだった。

初めてだと言われ、じわじわと歓喜の気持ちが湧き上がってくる。今の言葉にも嘘はなかったのだ。

どんな関係だっていい。同じ気持ちを返してくれなくても、一緒にいられるのならそれで満たされる。

「月曜って確か、二コマ目からだったよな」

「うん」

「じゃ、月曜まで泊まってけよ」

「二泊ってこと？　いいの？」

「いいから言ってる」

何気ない口振りだが、どこか熱が入っているようにも聞こえた。それが嬉しくて、凜は大きく頷いてみせた。

数日なんてあっという間に過ぎて、楽しみにしていた土曜日が訪れた。

荷物を手に勇成の家へ行き、身軽になってから買いものと食事に出かけた。

買ったのはいくつかの食器だ。勇成の家にある食器は一種類につき一つというのがほとんどで、同じものを食べたとしても食器がバラバラという状態だった。それに違和感を覚えたのか、勇成が揃えると言い出したのだ。

同棲《どうせい》するカップルのようだ、とひそかに凜は思った。もちろん口には出さない。恥ずかしすぎるからだ。

夕方になって帰宅したときには、いっぱいの荷物になっていた。早めの夕食を外ですませ、食材も調達した。

「あー、やっぱクソ暑い……」

梅雨はまだ明けていないが、今日は朝から日差しが強く、かなり暑い一日だった。凜も勇成もかなり汗をかいている。

「風呂入れよ」

「え、いいよ。先どうぞ」

「じゃあ一緒に入るか？」

「はっ？」

「嫌だったら早く入れ。使い方、わかるよな？　タオルとか、そのへんに入ってるから。後でバッグごとそこに置いとくわ」

勇成は凜を洗面所に押し込め、ひらひら手を振りながらドアを閉めた。その強引さに凜はなかば唖然《あぜん》とした。

もともと自分のペースを貫くタイプではあるが、ここまで押してくるのは初めてだった。

「そんなに汗くさかったのかな……」

思わず自分のシャツを引っ張って匂いを確かめてしまう。特に変わったところはないようだが、自分ではわからないだけかもしれないと溜め息をついた。

こうまでされたら仕方ない。凜はタオルを用意してから服を脱ぎ、バスルームに入った。

シャワーを出して髪と身体を洗っていると、磨《す》りガラス越しに勇成が入って来たのがわかったが、声もかけずバッグを置いて出て行った。

全身を洗い上げ、さっぱりして脱衣所に出ると、持って来たTシャツとハーフパンツを身に着ける。髪はざっと乾かし、バッグを持ってリビングへ戻った。

「ありがと。さっぱりした」

「俺も入って来るわ」

入れ違いに勇成がシャワーを浴びに行き、凜は買ってきた炭酸飲料を飲みながら外を眺めた。バッグは部屋の隅に置いた。

ここから夜景を眺めるのは二週間ぶりだ。何度か来ているが、いつもランチを取りに来るだけだったからだ。夜景と言っても、ただ夜の街がそこにあるだけだが、隣接した建物がないだけでも十分開放的でいい。

時計を見ると、八時をとっくに過ぎていた。

カーテンを閉めて、ベッドに腰かけながらテレビを見ていると、勇成が風呂から上がってきた。

下だけ薄手のスウェットパンツを穿《は》き、上半身裸で濡《ぬ》れ髪を拭《ふ》きながら歩いてくるその姿は、とっさに目を逸らしてしまったほどいかがわしく見えた。

（なにあれ……！）

恋する身だから、そう見えるのだろうか。いや、絶対そうじゃないと凜は心のなかで叫んだ。あれは誰が見たって壮絶にセクシーなはずだ。

途端に落ち着かなくなって、凜は視線をあちこちに漂わせる。

「どうした？」

勇成が隣に座って顔を覗き込んでくると、とっさに少し身を引いてしまった。

恥ずかしくて直視が出来ない。かと言ってここで立ち上がり、仕事部屋やダイニングテーブルのところまで逃げるのも不自然だろう。

混乱している凜を見て、勇成はくすりと笑った。

「もしかして……俺に性的なもの感じちゃったか？」

「っ……」

息を飲んで硬直し、凜はふたたび目を泳がせる。赤くなったらいいのか青くなったらいいのか、とにかくパニック状態だった。

軽蔑されるだろうか。いや、セクシャルな方面で勇成が他人をとやかく言えるとは思えない。だがこれまでとは関係が変わってしまうかもしれない。

いろいろな考えが頭のなかをぐるぐるとまわる。

自然とその表情は半泣きになっていた。

「ああ、もうそんな顔すんな」

ふわっと抱きしめられて、うるさいくらいに心臓が跳ね上がる。動くことも口を開くことも出来ない凜の耳元で、勇成は囁《ささや》くように告げた。

「俺もだから」

「え……？」

「ヤバいくらい凜が欲しいんだよ」

官能を含んだ声で囁かれ、ぞくぞくとした甘い痺《しび》れが背筋を這《は》い上がってくる。やはりこの声は凶器だ。凜の理性をおかしくさせる、とんでもない凶器なのだ。

身体の力が抜けて、勇成の指先が顎《あご》をすくい上げてもされるがままだった。

みるみる勇成の顔が近付いて、唇が重なった。反射的に目を閉じた凜は、ついばむようにして触れてくる唇に全身を硬直させる。

何度か触れた後、舌先が唇を舐《な》めてきた。そうして無意識に開いた唇から、舌先が入り込んだ。

「あ……ふ……」

口のなかを舐められて、ざわりと肌が粟立《あわだ》つ。舌が絡んできても応じることは出来なかったが、逃げもしなかった。

どのくらい長く深いキスをされたのか、解放されたときには身体中から力が抜けてぐったりとしてしまった。

ベッドに横たえられたのを感じ、ぼんやりと目を開ける。

「あ……」

見つめ下ろす勇成の目に、肌が震えた。

確かな欲望の色を感じた。まるで獣のようにギラギラしていて、凛を貪《むさぼ》り食おうと狙っている。

身じろぎ一つ出来なかった。

Tシャツをたくし上げられ、剝《む》き出しになった胸にキスをされた。ちゅっと音を立て、それから舌先で舐められて、凛はひどく混乱した。

「な、んで……」

「言っただろ。凛が欲しいって」

わざわざ顔を上げ、勇成は口の端をわずかに上げた。

答えになっていないはずだった。一方的な行為の理由として許されるはずもない。けれども凛はなぜか納得してしまい、ただ戸惑って視線を泳がせる。

獰猛《どうもう》な肉食獣を前にして、本能的な恐れと同時に、仄暗《ほのぐら》い歓喜のような期待感が確かに存在していた。

凛の心情に気付いたのか、勇成はふっと笑うと、ふたたび胸に唇を落とした。舌先が転がし、強く吸い、ときには歯で軽く挟むようにして噛む。そうやって口で愛撫《あいぶ》をしながら、慣れた手つきで凛の身に着けているものを剝《は》ぎ取っていった。

脱がすというよりは、まさに奪い取るような手つきで、あっという間に全裸にされてしまう。抵抗することさえ思いつかなかった。

「すげぇきれいだな……乳首がピンクで、可愛い」

感心したように、あるいは嬉しそうに勇成は呟いた。それがなにに対してなのか、混乱が続いている凛にはわかろうはずもなかった。

「あっ……」

大きな手が身体のラインを確かめるようにして胸から脇腹、腰から腿《もも》へと滑っていく。凛はびくびくと震え、両手で勇成を押しのけようとしながら身を捩《よじ》る。だがいともたやすく勇成に押さえ込まれてしまった。

「逃がさねぇよ。おまえは俺のもんだ」

耳元で欲に濡れた声を吹き込まれ、凛はおののきながらも感じてしまう。身体の奥底で官能の火が灯《とも》るのがわかった。

勇成の目は普段よりも赤みが強いように見える。錯覚かもしれないが、その色合いが余計に彼をケダモノじみて見せていた。

身が竦んだように凜は動けなくなった。なけなしの抵抗さえも出来なくなってしまった。

胸への愛撫が再開され、今度は反対側も指でいじられる。指の腹で摘《つま》まれ、そこはたちまちぷっくりと硬く痼《しこ》った。

「や……やめ、て……勇成、こんな……」

制止の言葉など勇成の耳には入っていなかった。なにかに憑《つ》かれたように夢中になって凜の胸を吸い、舌先を絡ませては転がしていく。

小さなそこに意味を感じたことなんてなかったのに、今は身体中のどこよりも意識と感覚が集中してしまう。

痺れたような未知の感覚が、少しずつ全身に広がっていくような気さえした。

「あっ……」

舌先を軽く噛まれて吸われたとき、甘い痺れに腰の奥がじわんと疼《うず》いた。

それは疑いようもない快感だった。

凜の反応に興が乗ったのか、勇成は執拗《しつよう》に胸をしゃぶり、もう片方をいじっていた手を離して身体を撫でまわす。

脇腹から腰にかけて撫でられると、それだけでビクビクと肌が震えてしまう。くすぐったいわけじゃない。得体の知れない快楽が頭のてっぺんまで走り抜けていくのだ。

腿から膝まで下りていった手が、今度は内側を通って上がっていく。

「やっ、ぁ……触ん、な……でっ」

「無理」

胸元で笑った勇成は、赤く濡れそぼった胸の粒を舌先で転がす。

さっきまであることさえ忘れていたその部分から、否定しようもない快感が身体を侵食していくのがわかった。

「ぁあ……っ」

凜は軽く仰《の》け反《ぞ》り、勇成を押しのけようと彼の肩にかけていた手にぐっと力を込めた。

自分の反応が信じられなかった。

「すげぇ敏感。もしかして自分でいじったことあるのか？」

「あ、あるわけないっ……」

「へぇ、じゃもともとか。可愛がられるのに向いてる身体なんだな」

くすりと笑うときの息さえもたまらない刺激だった。唾液《だえき》で濡れたそこは赤くなって、いたずらに触れられるだけで声が漏れてしまう。

こんな声が出るなんて思っていなかった。自分が情けなく思えて、凜は唇を噛みしめる。

「ダメだろ。切れたらどうすんだ」

無骨なんだか繊細なんだかわからない指先が唇をなぞる。噛むのをやめろと、声を出せと、指先で伝えられる。

だが従う謂《いわ》れはないと思った。凜はぷいと横を向いた。

たとえ勇成のことが好きでも、合意もなくこんなことをされて素直に受け入れられるはずがない。

「言うこと聞かねぇと、猿ぐつわするぞ」

「やだっ」

「だろ？　初めてなのに、縛られたりしたくねぇよな？」

口を塞《ふさ》がれ、縛られた上での行為なんて、まるでレイプだ。いや、今だって凜がいいと言っていない以上はそうなのだが。

勇成の指は相変わらず優しく凜の唇を撫でていて、まるで現状が嘘のようだった。

「ちゃんと声聞かせてくれたら口塞いだりしねぇし、縛ったりもしねぇよ。乱暴なことだってしない。うんと気持ちよくしてやるから」

「で、でも……」

「俺が信じられねぇ？」

そんな訊《き》き方はずるいと思った。もちろん勇成のことは信じているに決まっているが、それとこれとは話が別なのに。

「凜の全部、欲しいんだよ」

心も身体も、ということなのだろうか。それは凜が勇成のものに、つまりは恋人になるということなのか。

凜は恐る恐る勇成を見つめ、それから少しだけ目を逸らした。代わりに手を伸ばし、勇成の胸に手で触れる。

「僕だけ、って……約束してくれるなら……」

「当たり前だろ。約束する」

だったらもう凜に抵抗する理由はなかった。

静かに目を閉じるのを見て勇成は満足そうに微笑《ほほえ》み、ふたたび凜の身体にキスを落としていく。

胸から腹、それから腿へと唇と舌が滑り、それから内腿のきわどいところを強く吸われた。

「んっ……ぁ……」

「肌、きれいだよな」

胸への愛撫ですでに反応しかけていたものに、勇成は舌先を寄せる。下から上へと舐め上げると、凜はがくんと大きく仰け反った。

「あぁっ……や、あ……んんっ」

舌を絡められ、何度も舐められて、先端を突きまわされた。やがてすっぽりと口に収められた凜は、喘《あえ》ぎながら何度もかぶりを振る。

　そこから自分が溶けていってしまいそうな気がした。

　触れれば気持ちいいことくらいは知っている。けれども自分で触れるのとは段違いの強い快感に戸惑い、そしてなすすべもなく声を上げることしかできなかった。

　前を愛撫しながら、勇成は指先で凛の後ろを撫でた。

「どこもかしこも、きれいだよな」

「や……」

　びくっと腰が震えたのは無意識の反応だ。快感に溶けながらも、凛はどこを触られたのか気付いて怯《おび》えた。

　知識としては知っている。知りたくもなかったが、凛に下心を抱く一部の男が下卑た言葉で教えたからだ。

　あり得ないと思った。そんなところは他人が触れるところでも、ましてなにか入れるところでもない。

　なにかで濡らした指が、浅くゆっくりと入れられた。

「う……ん……っ」

　異物感のひどさに眉根を寄せた。無意識に力が入ってしまうのは仕方のないことで、逃げ出さないようにするので精一杯だ。

「相当慣らさねぇと無理か」

「あっ」

たやすく身体を反転させられ、腰だけ高く上げる恥ずかしいポーズを取らされる。尻《しり》に勇成の手がかかり、秘められた場所をあらわにするように広げられた。

「や……っ、ひ……あっ」

ぴちゃりと濡れた音が後ろで響く。柔らかなものが押し当てられ、少しずつ凜の後ろを解《ほぐ》すように動いては、ときおり少し入り込んでこようとする。

強烈な快感ではない。だがじわじわと凜のなかに染み込んでくる、まるで甘い毒のようなものだった。

ゆっくりと確実に凜の理性が食われていく。

「凜。俺が今なにしてるか、わかるか？」

霞《かすみ》がかった頭が言葉の意味を捉え損ねた。凜は目を開け、肩越しに後ろを見て、勇成の顔を見る。

「え……」

勇成が尻のあいだに顔を埋《うず》めているのを見て凜は目を瞠る。蠢《うごめ》くものの正体が舌だと気付き、全身から血の気が引いていった。

喉の奥で悲鳴を上げて逃げようとしたものの、腰をつかまれてあえなく引き戻される。

もう凜は半泣きだった。

「やだっ、やめて……！　そんなとこ、ダメだよっ……」

「聞こえねぇ」

ちゅっと音を立ててキスをして、また舌先が押しつけられる。窄《すぼ》まったそこを突くようにして舐めて、舌は唾液を塗り込めてきた。

「舐めちゃ……や、だぁ……」

見られてるだけでも恥ずかしいのに、舐められるなんて耐えられない。勇成にそんなことをさせているという罪悪感とも背徳感とも言えないものと、ひたすらの羞恥《しゅうち》に、凜はしゃくり上げるようにして泣き出した。

こんなに泣いたのは子供のとき以来だった。

聞こえないと言った通り、勇成は凜の訴えも泣き声も無視し、抵抗がなくなるまで執拗にそこを舐め、ときおり舌先を差し入れた。

ぞろりと入って来る感触に、泣きながらも凜は喘ぎ声を漏らしてしまう。

心はダメだと言っていても身体は快感をやり過ごせなかった。

身体のなかにまで入り込んだ舌に内側から舐められ、気持ちよさと羞恥に凜は悶え続けた。

シーツに立てた爪もとっくに力を失っている。

やがて舌と一緒に指が入った。それは深くまで入り込み、凜のすべてを暴き出すように蠢いた。

「はっ、ぁ……う……」

指は深く入り込んだかと思うとぎりぎりまで引き出され、入り口を広げるようにしながらまた押し入ってくる。

いつの間にかジェルのようなものを足され、指も増やされて後ろを何度も犯された。

異物感でしかなかったものが徐々に変わっていくのが嫌でもわかる。擦られると気持ちがよくて、もっとして欲しいと望んでしまう。

「あう……っ！」

内側のある部分を軽く突かれ、凜は悲鳴を上げながら大きく背中を反らした。

「いい反応」

「やっ、いやぁ……っあ、あ、あっ……！」

同じところを何度も刺激され、びくびくと全身を震わせてよがるしかなかった。何度もイッてしまいそうになるが、張り詰めたものの根元をきつく押さえられ、どうしてもイくことが出来ない。

泣きながら腰を捩りたてていると、ふいに勇成が凜のなかから指を引き抜いた。

知らないあいだに三本も入れられていた。

「やっぱ、俺のでイカせたいからな」

艶っぽい囁きの意味がわからない。頭がぼんやりとして、そのくせ感覚だけは鋭敏で、腰を抱きかかえられただけで大きく震えてしまった。

シーツから腰が浮くほど身体を深く折られ、ぐずぐずに溶かされたところに硬いものが宛がわれた。

はっとして、凜は目を開けた。

「む……無理……」

「ああ？」

「そんなの入らないって……っ」

ここまで来て怖《お》じ気《け》づいて、ふるふると首を横に振る。なにをされるか理解しているからこそ青ざめてしまった。

勇成は小さく舌打ちし、目を据わらせた。

「入れる」

「や……あっ、やめ……」

「力、抜け……って」

身体を開かされる感覚に目を見開く。無意識に入った力は勇成の挿入を拒み、彼に顔をしかめさせた。

「ぁあっ、あ……！」

伸ばされた手が凜のものを擦り上げ、気が逸れた瞬間に一息に奥まで貫かれる。一番嵩《かさ》の

ある部分を呑《の》み込んでしまえば、後はたやすかった。

長く時間をかけて解されたためか、痛みはあるが耐えきれないほどではない。むしろなかを埋め尽くしていくものの圧倒的な質量と異物感に、凜は恐れを感じた。

男をこの身に受け入れたことを後悔してはいない。けれども自分がどうなってしまうのかという不安はあった。

「バックのほうが楽なのはわかってたんだけどな、どうしても凜の顔見て抱きたかったんだ。痛くねぇか？」

「怖……い……」

「……ヤバい、クソ可愛い……」

なかのものが、ぐんとまた質量を増し、凜はうろたえた。

「な、なんで……また大きく……」

繋がった場所で、勇成のものが脈打っているのを感じた。

長い指が凜の髪を梳く。

優しくて容赦がなくて、とてもいやらしいこの指が、とても好きだと思った。撫でられるのが気持ちよくて、うっとりして凜は目を閉じる。

不思議と満たされた気持ちになって、さっきまでの不安も感じなくなっていた。

「動いてもいいか？」

「う、ん……」

頷くのを見て勇成はゆっくりと腰を引いていく。

その感触にぞくぞくっと肌が粟立ち、また深くまで貫かれる感覚にたまらず声を上げた。

気持ちがいいかどうか、凜にはまだよくわからない。だが声を抑えられないほどの衝撃が次々とやってくるのは確かだった。

浅く深く、抉《えぐ》られる。何度も何度も穿《うが》たれているうち、焼け付くような痛みは疼きに変わっていった。

凜の声が甘さを含むのに気付き、勇成は狙い澄ましたように指でさんざんいじった部分を突き上げる。

「ああっ、ぁん！　やっ、あ、あっ……！」

頭のなかがチカチカして、すぐに真っ白になった。まるで無理矢理高みに押し上げられ、突き落とされたような感覚だった。

何度もイキそうになっては止められていたのだ。弱いところを容赦なく責められたらもうなすすべもなかった。

放心して荒い呼吸を繰り返す凜の腹を、指先が撫でた。

「んぁ……っ」

達したばかりの身体は過敏で、たったそれだけでも凜を快感で喘がせる。

うっすらと目を開けると、勇成は指で拭《ぬぐ》ったそれを舐めていた。カッと全身が朱に染まるのがわかった。

「そろそろいいか？」

「な、に……？」

「俺まだイッてねぇから」

問いかけたくせに返事も聞かず、勇成は抜けるギリギリまで腰を引くと、凜を横向きに寝かせてからふたたび激しく突き上げた。

「ひっ……ぁん、ま……待って、深……いっ……あ、あっ！」

後ろと前を同時に責められ、制止の言葉を紡ごうとしても発した声はすべて嬌声に変わった。

穿つリズムが速まり、凜はまた強引に高められて、上げる声も切羽詰まった響きになる。なのに勇成の息はほとんど乱れていなかった。

体勢を戻され、今度は胸をいじられながら、ゴリゴリと弱いところを突かれる。そのたびに考える力がどんどん奪われていく。

「いやっ、ぁ……いく、また……いっちゃ、う……っ」

泣きながら訴える一方で、もっと激しく、深くまで擦って欲しいと、凜は自然に腰を揺らしていた。

「エロ……」

ふっと笑うような気配がしても、今の凜はそれに気付けない。

やがて勇成はひときわ深く凜を突き上げ、同時に凜の先端を指の先で軽く抉った。

「いっ……あぁ……！」

二度目の絶頂は、一度目のそれよりも強くて深くて、意識ごと飛ばされてしまいそうな気がした。

なかに注がれるものにさえ感じて、凜は全身をびくびくと震わせる。

手足を投げ出してぐったりとしていると、労《いたわ》るように汗で濡れた髪をかき上げられた。さっきまでの獰猛さが嘘のように優しいしぐさだ。

はぁはぁ言いながら凜は目を開けた。けれども勇成を直視することが出来ない。最中のことを思い出したら、とてもまっすぐ顔なんて見られなかった。

「凜？」

「……なに」

「どうだった？　かなり気持ちよさそうだったな」

「っ……だったら聞くなぁっ……」

あれだけ喘いでいたんだから、わかりそうなものだ。あえて言わせたがっている勇成を、凜は涙目で睨《にら》み付けた。

途端にぐん、とまたなかのものが主張してきた。

「え……」

「先に謝っとく。ごめんな。明日まで付きあって」

「な、なに……やっ、あ……ダメ、やだぁ……っ、抜い……てっ」

「嫌だ。凜もまだまだいけそうだしな」

一度目と変わらない激しさで、勇成は腰を打ち付けてきた。そこには初心者に対する考慮などというものはいっさいなかった。

逃げようとしても力は入らず、腰をつかまれてガツガツと穿たれる。

まさかそれが延々と続けられることになるなどとは、泣きながら喘ぐ凜は知るよしもなかった。


目を覚ましたとき、凜《りん》は勇成《ゆうせい》にしっかりと抱き込まれていた。

互いに服は身に着けていなかった。密着した肌《はだ》の感触に、凜ははっと息を飲み、次いで勇成と目をあわせて真っ赤になった。

「あっ……」

あのまま凜は眠ってしまったらしい。だが全身はさっぱりとしていて、嫌なベタつきはまったくなかった。

「よかった、目覚めたんだな」

「……おはよ……」

挨拶を返したつもりの声は蚊《か》の鳴くようなものだった。

「寝てるあいだに風呂《ふろ》に入れといた」

「あ……ありがと」

言ってから、礼を言うのは変じゃないかと思った。なにしろ凜はほぼ一方的に身体《からだ》を開かされたのだ。確かに抵抗はしなかったに等しいし、思い出すのも恥ずかしいほど感じてしまったのも事実だ。そして途中からは合意だった。

それでも昨夜のあれはないと思った。具体的な時間はさっぱりわからないが、五時間や六時間のセックスですまなかったことは間違いないのだ。

常軌を逸している。勇成にもだが、ギリギリでついていけた自分にも驚きだ。

あまりにも長く続いた行為を思い出し、凜は恥ずかしさに泣きそうになる。

「ごめんな。反省してる」

勇成は本当にそう思っているようだった。苦渋が滲《にじ》むほどの口振りではなかったものの、心底反省はしているらしい。

これを聞いたら怒れないではないか。

「……最初から、そのつもりで呼んだ……？」

「ああ、凜が欲しかったんだ」

こんな一言で許してしまうのはどうかと思ったが、少なくとも文句を言う気もなくなってしまった。

勇成の言葉が嘘《うそ》ではないからだ。

黙り込んでいると、不安そうに顔を覗《のぞ》き込まれた。

「身体、大丈夫か？」

「……うん」

身体は重いが、動けないというほどではない。これも後何時間かすれば、普段とほぼ変わらない状態になるだろう。

ふと自分の身体を見ると、付けられたキスマークのいくつかはもう薄くなっている。

少し残念かもしれない。勇成がたくさん付けた痕《あと》は、そう長くは保《も》たずに消えてしまうのだ。

「すげぇな。まさか俺に最後まで付きあえるなんて思わなかった……」

「僕もそう思うけど……どういうこと？　いくらなんでも、あんなに出来るもの？」

最後まで、というのが、あの長時間にわたるセックスだというのはわかる。確かに常軌を逸しているとは思った。いくら若いとは言え、一昼夜抱き続けるなんて出来るものだろうか。眠らなくても平気な身体だというのは理由にならないはずだ。

答えはすぐに提示された。

「満月だったんだよ」

「……は？」

「土曜日の、ちょうどあの時間くらいに」

だからなんだ、と口にしかけ、はっと気付いた。勇成は新月に二十四時間の眠りに就く。では満月は？

「そ……それって、つまり満月のときはああなっちゃうってこと？　二十四時間？」

以前聞いたときは、身体能力が異常に高まる、というようなことを言っていたはずだった。嘘ではなかったのだろう。ただすべてを言えなかっただけなのだ。

「さすがに丸一日ああなるとは言えなかった」

「それは……まぁ……」

「月イチで俺はああなるんだよ。丸一日滾《たぎ》って収まらねぇ。別に二十四時間フル勃起《ぼっき》してるってわけじゃねぇし、それなりに続けて出せば何時間かは保つんだけどな。それと、ひたすら突っ込んでたいってわけでもねぇ」

勇成の言葉で、いろいろと腑《ふ》に落ちた。セフレをハシゴしているというのは、つまりそういうことなのだ。月に一度、彼はそうやって何人もの相手を渡り歩くわけだ。

だったら凛もセフレの一人に数えられたということなのだろうか。そう思ったら、勝手に身体が震えてきてしまった。

「凛？」

「や……」

「軽蔑されても仕方ねえとは思ってる」

勇成は離すまいとでも言うように、きつく凛を抱きしめる。身体がさらに密着して、こんなときなのにドキドキしてしまった。

違う、と言いたいのに言葉が喉《のど》に絡まって出てこなかった。

「あそこまでするつもりはなかったんだ。凛が初めてってのはわかってたし……でも止まらなかったんだよ。あそこまで理性が飛ぶなんて思ってなかった」

「そんな、こと……言われても……」

「可愛《かわい》くて、欲しくてたまんなくて、もっと凛が乱れるとこ見たくなって……。そんなふうに思ったのも初めてだった」

勝手な言い分のはずなのに、いつの間にか凛は一言一句聞き逃すまいと耳を傾けていた。

今度は期待感に肌が震えそうだった。

「俺だけのものにしたい、って思ったのは凛だけだ」

「ほんと……？」

嘘のはずがないとわかっているのに、確かめる言葉が勝手に口を突いて出る。もっと言葉が欲しかった。

「当たり前だろ。もう離したくねぇ」

勇成はふっと笑みを浮かべ、凜の髪を梳《す》いた。

あらわにした額に、触れるだけのキスが落ちる。

「凜が一番よかったし、可愛かった。月の影響なんかもうないはずなのに、まだしたいくらいだ」

「……普通はしたいって思わないの？」

「思わねぇよ。いろいろ噂《うわさ》はあるけど、俺がセフレとやるのは月イチだ。普段はスイッチオフなんだよ」

「ぼ……僕とは、満月じゃなくてもする……？」

「したい。今からでも抱きてぇ……」

首筋に顔を埋《うず》めた勇成がぺろりとそこを舐《な》めて、凜は大げさなくらいに身体を震わせてしまう。

スイッチというものがあるならば、簡単に入れられてしまうのだと知った。

「ダメ……！」

「いつならいい？　授業終わったら、ここに帰って来いよ」

「……いいよ」

自分でも驚くような言葉がするりとこぼれ落ちた。これから大学へ行き、夕方には戻って
また勇成に抱かれるということなのに。

凛もまた望んでいるのだと思い知った。

「ちゃんとこれからは気をつける」

額にキスを感じながら、視線を上向かせて勇成を見つめる。

「僕たち、付きあうってこと？」

「嫌か？」

「まさか！　う……嬉《うれ》しい……」

おずおずと自分から抱きつくと、勇成が「うっ」と喉の奥で唸《うな》った。意味がわからず首を
傾けると、勢いよく唇《くちびる》を塞《ふさ》がれた。

ひとしきり貪《むさぼ》られ、凛がぐったりするくらいになってようやく唇は離れていく。

「やべぇ……やっぱ、なにからなにまで全部好みだぜ、ちくしょう」

「は、え……？」

「可愛いし、きれいだし、性格も俺好みだし。やってるときの顔とか声とかも、超可愛かっ
た。敏感だし、相性もよかったろ？　ムチャクチャ感じてたもんな？」

「っ……」

たとえ事実だとしても、簡単に「うん」なんて言えるほど凛は慣れていないのだ。そして開き直れてもいない。恋愛経験すらなかったのに、いきなりあんなハードなセックスを経験されられ、いろいろとまだ整理できていないのだから。

羞恥《しゅうち》に悶《もだ》える凛を見て興が乗ったのか、あるいは単純にそう思ったから言うだけなのか、勇成は延々と凛のどこか可愛く、好ましいのかを語り続けた。

耳を塞いで布団《ふとん》に潜りたいくらい恥ずかしかった。特にセックス時の凛の反応や状態を事細かに説明するのはやめて欲しかった。

帰宅後に一緒に風呂に入るのを交換条件になんとかやめてもらい——もちろん条件は勇成が出した——、凛は朝食の準備を始めた。身に着けたのは勇成のリクエストにより、彼のシャツだ。いわゆる彼シャツというやつだが、ちゃんと下着は穿《は》いた。

「勇成って、こういうの好きなんだ？」

「させたのは初めてだぞ。今まではさせたいとも思わなかったし」

「そ……そうなんだ」

嬉しそうに見つめてくるのを感じながら凛は卵とベーコンを焼き、トースターにパンをセットしてコーヒーをいれる。

勇成はカウンター越しにそれを眺めていた。

先日買った食器にベーコンエッグとトーストを載せ、マグカップにコーヒーを注ぎ、トレイでテーブルまで運んだ。すべて二人で一緒に買ったものだ。

「こういうのも初めてだな……」

向かいあって食べ始めてすぐに勇成はしみじみと呟《つぶや》いた。

「こういうの？」

「誰かと朝を迎えて、一緒にメシ食うとか」

「そうなんだ？」

「朝までいたってことねぇからな。抱いた相手、抱きしめるなんてことも、したことなかったし……こういうのって、自然としちまうもんなんだな」

やけに嬉しそうな勇成、凛も自然と微笑《ほほえ》んでいた。胸が詰まるようなこの甘い気持ちを、幸せというのだろうと思った。

食事を終え、食器を洗浄機に入れていると、後ろから勇成に抱きしめられた。

「な……なに？」

「やっぱサボろうぜ」

それが意味することは一つだったが、凛は拒否しなかった。ためらいながらも、こくんと小さく頷いていた。

耳元で囁《ささや》かれる官能的な声に逆らうことは難しい。すでに身体の芯には、くすぶっていた火が存在を主張し始めている。

振り向かされてキスをして、そのままベッドまで運ばれた。

凜の唇が甘い声を紡ぎ出すのはそれからすぐのことだった。


送ると言って聞かない勇成と、凜は暗くなってから帰途に就いた。

満月のときほどではないが、すっかり盛り上がってしまった勇成の行為は執拗《しつよう》で、途中で休みながらも結局夕方までベッドから出してもらえなかったのだ。それでも凜の身体は歩くのに支障はなく、倦怠感《けんたいかん》などもほとんどなかった。つくづく頑丈に出来ていると、あらためて感心してしまう。

ただし気持ちは別だ。ひどくふわふわとして、地に足が着かない感じがあった。

「本当に大丈夫なのか?」

「うん。ちゃんと歩けてるし」

「それはそうなんだけどな。俺の反省って意味ねぇよな」

「で、でもあれくらいなら……うん、大丈夫」

自分でもどうかと思ったが、許容範囲だった。勇成は特殊なことはしないし、暴力的でもない。痛みだって最初のときに少しあったくらいで、後はひたすら気持ちがよかった。よすぎて困るくらいに。

だからいいのだ。むしろ勇成がそれほど自分を欲してくれるのだと思うと、喜びすら感じられる。

「今度からはサボらないようにしてくれれば、それでいいよ」

「わかってる」

さすがに今日は勇成のテンションもおかしかったらしい。デキたてのカップルだから仕方ないと、凜はひそかに頷いた。

見えてきたマンションを見上げると、部屋に明かりがついていた。当然俊樹《としき》は帰宅しているようだ。

二泊することは言ってあったが、帰りが夜になることは夕方になって初めて知らせた。そして勇成に送ってもらうことはまだ言っていなかった。

エントランス前で、凜は立ち止まった。

「えっと、ちょっと上がってく?」

「そうさせてもらう。従兄弟《いとこ》に挨拶しねぇと」

「あ……うん」

予想外にあっさり肯定され、戸惑いつつも家まで行く。玄関のドアを開け、「ただいま」

と声をかけても、返事はなかったが。

「どうぞ、上がって」

「いや、ここでいい。悪いけど従兄弟呼んでくれねぇか」

言われるまま俊樹を呼びに行くと、彼は自室でパソコンに向かっていた。

「おかえり」

「うん、ただいま。それであの、ちょっと来て。勇成に送ってもらって、なんか挨拶したいって言うから」

「は……？」

「玄関で待ってる。上がってって言ったんだけど、いいって言うし」

「……いいけど」

さすがに予想外だったのか俊樹の表情が少し困惑気味になった。常にポーカーフェイスな彼にしては珍しいことだった。

俊樹を連れて玄関に戻ると、勇成は軽く会釈した。

「どうも、初めまして。笠原《かさはら》勇成と申します。凜を遅くまで引き留めてしまって申し訳ありません」

俊樹が年上だからか、それとも凜の身内だと思ってか、勇成は非常に礼儀正しく挨拶をした。ここだけ見ていたら完璧な好青年だった。

俊樹は面食らったのか、一瞬だけ黙り込み、その後で同じように軽く頭を下げた。

「どうも。凛がお世話になっているそうで……。須貝《すがい》俊樹です。あー、よかったら上がってお茶でも……？」

「いや、ここで失礼します。ご挨拶したかっただけなんで」

「ほんとに帰るの？」

「ああ、またな。連絡する」

柔らかく微笑むその表情には確実に甘さが含まれていた。凛も顔を綻《ほころ》ばせ、そのままドアの外まで勇成を見送る。

このマンションは内廊下だ。そして今現在、廊下に誰もしないし、俊樹とのあいだにはドアがある。

「おやすみ」

勇成は軽く唇にキスを落として帰って行った。

エレベーターのドアが閉まるまで彼を見送り、凛は家のなかに戻る。

さっきと同じ場所に俊樹が立っていて、凛の顔を見るなり大きな溜《た》め息《いき》をついた。

「見事に食われたってわけか」

「なっ……」

「一目でわかるって。なんだあの雰囲気。っていうか、あの男にものすごい威嚇《いかく》されたんだ

けど？」

「は？　威嚇？」

「そう、威嚇。なんか……噂と違うね。どう考えても独占欲だし、あれ」

「だ……だから言ったじゃん。噂とは違うって」

言いながら凜はまた舞い上がりそうになった。独占欲だなんて、嬉しいに決まっている。ましてて言ったのは俊樹だ。つまり第三者の目から見ても、それだけ勇成が凜のことを好いてくれている、ということなのだ。

自室に戻っていく俊樹は、ふと思いついたように凜を振り返った。

「今日、大学行かなかったんだって？」

「そんなことまで！」

「情報網、怖いよね。で、こんな時間まで、なにしてたのかな？」

「そ……それは……」

赤い顔で口ごもった時点で、答えは言ったも同然だ。俊樹はふーんと、特に感慨もなく頷いた。

「まぁせいぜいやり殺されないようにね」

「……大丈夫だし」

「ああ、おまえは体質的に大丈夫か」

あっさり納得し、俊樹は部屋に戻っていった。いろいろと思うところはありそうだったが、彼はそれ以上なにも語らなかった。

一緒に出かけたり、食事をしたり泊まったり。勇成と初めて身体を繋《つな》いで以降、凜は以前にも増して勇成のマンションに入り浸るようになった。今では週の半分以上泊まっている。金曜日から月曜日の朝までは必ずいるし、それ以外の平日にも泊まることがある。半同棲《はんどうせい》と言ってもいい状態だ。

二回目の新月も越え、初めての前期試験も追試を食らうことなく終えた。そして待ちに待った夏休みがやってきた。

二度目の満月も、凜は勇成の部屋で迎えた。一度目の経験が壮絶すぎて二の足を踏みそうになったが、勇成のためにも覚悟を決めて臨んだ。満月時の衝動は強烈で、無理に抑えるとひどく苛立《いらだ》って破壊衝動に駆られたり、激しい頭痛に見舞われたりするらしい。勇成は好きでセックスをしていたわけじゃなく――嫌いではないそうだが――、抑えることで起きる別の害を避けるためにしていたという。

勇成が自らの体質を厭《いと》う理由もわかろうというものだ。こんな体質を残したくないから子供はいらないと言うのも頷けた。

そんな勇成に求められ、凜は地獄のような快楽に身を投じたわけだ。凜の身体がついて行けると知ったせいか、前回よりも遠慮がなかったように思う。失神させられているあいだも犯され、強い刺激で意識を戻される……といったことも何度かあり、本気で泣き叫んで許しを請うたが、当然聞いてくれなかった。ごめん、でも欲しい……なんて言葉に、あっさり許してしまう自分もどうかと思った。

終わった後はさすがに疲労困憊《こんぱい》で、泥のように眠りに落ちた。いくら回復力が異常なほど高いとは言え、それを超えるほどの疲労だってあるのだ。身体だけでなく精神も酷使されるからだ。

そうしてたっぷりと眠った凜は、カーテンの隙間《すきま》から差し込む日の光に誘われてゆっくりと目を覚ました。

ぼんやりと見つめる先に勇成がいる。彼はベッドの上であぐらをかき、スケッチブックとペンを手に、なにかをさらさらと描いていた。

「おはよ……」

「おはよう。大丈夫か？」

「うん……なに描いてんの？」

寝起きは悪いほうじゃない。凜は少しだけ眠そうな声で問い、両手を突いて身体を起こすと、スケッチブックを覗き込んだ。

「えっ……」

一瞬で目が覚めた。もともと寝ぼけてなんていなかったが、非常に思考がクリアになった。

スケッチブックには、凜の寝顔が描かれている。それだけでなく全身の寝姿もあり、やけに美化されていた。

「こ……これ、僕じゃない……」

「凜だろ」

「違うよ。だって……」

勇成が描いた凜は実物より明らかに儚《はかな》げで、性別を感じさせない上、背中には羽根や翼が付いている。

意味がわからなかった。凜がタオルケットにくるまって眠っている絵が二枚あり、それぞれ妖精《ようせい》の羽根のような透明なものと、天使の翼のようなボリュームのあるものが背中にあるのだ。

「どっちが似合うのかと思って両方描いてみたんだよ」

「え、えー……」

「どっちも似合うよな」

「勇成って、意外とファンシー……」

まさか勇成には凜が妖精や天使に見えている、とでも言うのだろうか。いや画家としての、ただのインスピレーションだと信じたい。

「きれいだろ」

「絵はきれいだけど、僕じゃない」

「凜以外のなんだってんだよ。言っとくけど、美化なんてしてねぇぞ。羽根とかはともかく、後はモデルそのままだからな」

「勇成の目にはフィルターかかってるよ」

「ま、そういうことにしておいてもいいぞ。それより、こっちはどうだ？」

ぱらりと紙をめくり、勇成は前のページを開いた。

瞬間、凜は言葉を失う。みるみる顔が真っ赤になり、固まって動けなくなった。

「色っぽいだろ。俺に抱かれてるとき、凜ってこういう顔してるんだぜ」

返事など出来るはずがなかった。

ぎゅっと目を閉じて快感に喘いでいる顔に、蕩《とろ》けた目をして口を半開きにした顔、そして泣きそうな顔でなにか叫んでいるようにも見える顔――。

こんな顔を勇成に見せているのかと、凜はすでに半泣きだ。

もちろん勇成は記憶で描いているわけだから、写真のように正確なものではないはずだが、少なくとも彼の認識ではこれなのだ。

「エロいよな。っていうか、エロ可愛い」

「し……」

「し？」

「信じらんない！　こっ、こんなもの描くっ？」

「ハメ撮りよりマシだろ？　あ、それもいいな」

「よくないっ！　あり得ないから！」

なんてことを言い出すのか、凜は真っ赤になって怒鳴り散らした。なぜなら勇成は本気で言っているからだ。

カメラの前でセックスするなんてとんでもない話だ。少なくとも凜にとってはそうだった。

赤くなったままむくれていると、勇成はスケッチブックとペンを置いて凜の肩にシャツを着せかけた。いつものように勇成のシャツで、当の本人はスウェットを穿いている。

「……お風呂入れてくれるのは嬉しいけど、その後なにか着せてくれてもいいと思うんだ」

目覚めるといつも凜は全裸だ。勇成は同じように全裸のときもあるが、今日のように下だけ穿いていることも多い。前者の場合は、大抵起き抜けにまた続きが始まってしまうから、出来れば互いに着衣が希望だ。

「それより、夏休みの予定ってないんだよな？」

「スルーした！」

「いいから、予定。せっかくなんだし、予定立てようぜ」

「あ……うん」

勇成の興味はすでに夏休みの予定に移っていたので、凜もあわせることにした。主張を続けても飲んでくれないことを察したからだ。

「旅行しねぇか？」

「え？」

「凜が行きたいとこあるなら、そこでもいいし」

どこがいいかと尋ねられても、とっさに行き先は出てこなかった。それよりも凜には勇成と旅行が出来るということが重要だった。

じわじわと歓喜が湧いてきて、顔が綻ぶ。

行き先なんて、どこでもよかった。

「勇成は？　行きたいとこないの？」

「うーん……まぁ、涼しいとこだな」

「北海道とか？」

「それもいいけど、凜は行きたいところないのか？」

「実はあんまりない。行き先なんてどこでも、きっと楽しいよ」

どこへ行くかは問題じゃなく、誰と行くかが重要なのだと暗に告げる。すると勇成は納得したように笑った。

「そうだな。じゃあ、高原か北のほうか……時期は九月に入ってすぐくらいかな。中旬以降は、ちょっと仕事が入ってて、なるべく家にいたいんだよ」

「うん。あ、だったら僕、それまでバイトしようかな。小遣いじゃ足りないや」

両親は生活費と小遣いをまとめて置いて行ってくれたが、管理は俊樹が任されていて、彼はきっちり月の頭にしかくれない。凜には浪費癖こそないが貯蓄するほど節制もしていないので、旅行費用は明らかに足りないのだ。行き先にもよるが、一ヵ月あれば十分に資金は作れるだろう。

だが勇成はあっさりと言った。

「俺が出すからいいって」

「え、いや……ちょっと待って。そんなのダメだよ」

「バイトしたら、俺んとこに来る時間が減るだろ」

「は……え？」

「時間は俺のために使えよ」

ともすれば傲慢《ごうまん》にも聞こえる言葉だったが、見つめてくる顔は甘く、いつものように凜をときめかせた。

一緒にいたいと言ってくれるのは嬉しい。だが旅行費用を出してもらうのはさすがにどうかと思った。

黙り込んでいるあいだ、勇成はじっと凜を見つめていた。

「凜は俺に、なにもねだらないよな」

「え、どういうこと？」

「昔付きあった彼女もどきは、やたらとものを欲しがるやつらが多かったからさ。誕生日もそうだけど、それ以外のときも」

「それは当たりが悪かったんじゃ……」

凜の姉妹たちはおそらく違うはずだ。妹に関してはまだわからないが、姉二人は彼氏にものをねだるようなタイプじゃない。もっとも黙っていても貢がれるので、必要がないだけかもしれないが。

だいたい「もどき」とはなんなのか。眉根《まゆね》を寄せて見つめていると、意味に気付いたのか勇成は苦笑した。

「自称、彼女が何人かいたんだよ。俺的にはセフレと大差なかったんだけどな。セックス以外で、何回か会った、ってだけで」

「……ひどいこと言ってるよね」

「知ってる。で、欲しいもんねぇのか？」

「え、あ……うーん……前はあったけど、今はない」

いろいろと釈然としないものを残しつつも、凛は質問に答えた。

以前は祝福という名の呪《のろ》いを厭い、出来るなら普通の身体が欲しいと願ったりもしたが、勇成と付きあうようになってどうでもよくなった。たとえ子供が出来ない運命でも関係なくなったからだ。

このことは打ち明けようか明けまいか迷っていた。たとえば結婚を考えている女性がいるならば重要なことだろうが、同性の恋人には言う必要はないことだろう。凛自身あまり言いたいことではない。

視線を俯《うつむ》かせていると、勇成が「よし」と明るい声を出した。

「じゃあモデル代ってことで」

「……は？」

勇成はスケッチブックを手に取ると、羽根と翼が生えた凛の絵を見せた。

「これ、今度のジャケットで使おうと思ってんだよ。もちろん凛だってわからないようにするけどな」

「え、ええっ……！」

「どっちがいい？　俺的には、妖精バージョンにしようかと。蜻蛉《とんぼ》みたいに半透明なやつな。凛には蝶《ちょう》タイプより、こっちだと思うんだよ」

「え、マジで？　ほんとにこれジャケットに？」

「マジ。これしかないってくらい、ピンと来た。アルバムのイメージにもあうし」

勇成は本気らしい。少なくとも彼の言葉に嘘はまったくなかった。

費用を出してくれるという以上に凛は戸惑っていた。自分とはわからないようにすると言われても、商業作品のモデルになるなんて考えてみたこともなかったからだ。

「というわけで、よろしいでしょうか？」

「あ……うん。勇成が、それがいいって言うなら……」

「決まりな。旅行の話もこれで決定」

「あっ……！」

「モデル代、払うのは当然だろ。いいから、任せとけ」

なかば強引に押し切られ、凛はぎこちなく頷いた。こうなったら時間が許す限りここに通い、勇成の手伝いをするしかない。

張り切って凛は朝食を作り、向かいあって一緒に食べた。その後、勇成は仕事をすると言って仕事部屋に籠もった。

片付けと簡単な掃除をした後、暇になった凛は俊樹に電話をした。旅行の話をしておこうと思ったのだ。

「あ、もしもし？　おはよ。起きてた？」

『当たり前。なにかあったのか？』

「えっとね、今度勇成と旅行することになった！」

『わざわざ報告……？』

嫌そうな声だった。心底うんざりしていることがわかる。彼は少し前にも、勇成のことを話す凜に、食傷気味だと言っていた。

「それとね」

ジャケット絵の話もしておきたくなり、流れを掻《か》い摘《つま》んで話して聞かせる。返ってきたのは大きな溜め息だった。

『どうあがいてもバカップル』

「ひどい」

『一ヵ月か……』

相変わらず容赦がない俊樹は、それからぽつりと呟いた。

「え、なに？　よく聞こえなかった。もう一回言って」

『別に大したことじゃない。そのうち機会があったら言うよ』

「あ、うん」

少し気にはなかったが、深追いしても無駄なことはわかっているのでおとなしく引き下がった。そして電話を切った数分後には、そんな会話があったことも忘れてしまった。

ピークは過ぎたとは言え、まだ東京がうだるような暑さに見舞われているなか、凛は勇成と初めての旅に出た。

今回の旅は、まず駅に降り立ってからレンタカーを借り、日光《にっこう》を拠点に三泊。それから那《な》須《す》へ移動してさらに三泊することになった。前半は寺社仏閣や滝などを見る観光、後半は牧場や遊園地で遊ぶという計画だ。

この一ヵ月、凛はほとんど毎日勇成の部屋に入り浸っていた。掃除や洗濯をしたり料理をしたり、二人で外食したり買いものしたり、遊びに行ったり……と、すでに夏休みは満喫したと言える。一回ずつ新月と満月があり、そのどちらのときも当然勇成の部屋にいた。

勇成とこういう関係になって二ヵ月。信じられないほど二人で過ごした時間は濃密だった。

「カーセックスって、興味ねぇか？」

「な、なに言い出すんだよ……！」

借りた車で走り出してすぐに、勇成はなんの前置きもなくそんなことを口走った。

「いや、やったことねぇから」

「無理にしなくてもいいと思います！」

「わかった。そういう流れになればいいいってことか」

「ち、違っ……」

必死にかぶりを振って否定するが、勇成はちらりとも凜のほうを見なかった。わざとだ。つまりそのうち──というより今回の旅のなかで、隙あらばやるぞと言っているのだ。

ハードルが高い。勇成とのセックスは、これまでずっと彼の部屋でのみだったし、特殊なプレイもしたことはないのだ。ベッド以外でしたことはあるものの、新しく買ったソファだったり仕事場のカウチだったりバスルームだったり、とにかく家のなかだった。

まさかこのままどこかへ連れ込む気では……などと考えながら、ちらちらと勇成を見ていると、くすりと笑う声が聞こえてきた。

「ほら、着いたぞ。世界遺産、見るんだろ」

早くも最初の目的地に着いたらしい。勇成は淀《よど》みなく車を駐車させ、エンジンを切った。周囲には車も多く停まっているし、人もひっきりなしに通っている。少なくともここでどうこうされることはなさそうだとほっとした。

車から降りて並んで歩きながら、凜は勇成を見上げた。

「勇成、運転上手《うま》いよね。いつ免許取ったの？」

「十八になってすぐ。車は持ってねぇけどな」

「普段は必要ないもんね。でも、久しぶりのわりに、すごく慣れた感じに見えたよ」

凜自身は運転できないのであくまで印象だが、不安に感じる場面が一度もなかったのは確かだった。

「時間見つけて、運転してたからな。レンタカー借りて」

「え、いつ?」

「凛に会ってないときに、ちょっとな。やっぱ人乗せる以上はさ、事故るわけにはいかねぇし。つーか、凛にケガさせるわけにはいかねぇし」

予想外に真面目《まじめ》なことを言われ、キュンとした。勇成に出会ってから、こういうことが何度もあって、存外自分は単純に出来ているらしいと知った。

お参りと見学をすませ、昼時を過ぎていたので事前に調べておいた店で食事を取ることにした。レトロな建物に惹《ひ》かれて凛が決めたところだ。

「カニクリームコロッケかなぁ」

「リベンジか?」

勇成がからかうようにして笑うのは、以前凛がクリームコロッケを揚げようとして破裂させてしまったからだった。

「お店で食べてリベンジもなにもないと思う……」

ただ好きなだけだ。だから総菜や冷凍食品ではなく、たまには自分で作ってみようと思い立ち、やってみて玉砕しただけだった。

窓際の席で、勇成はタブレットを操作している。それを向かいの席から覗き込み、この後の目的地を確認した。

「やっぱり滝？」

「ガキの頃、林間学校だかなんだかで行ったきりだな」

「僕も行ったかも」

観光をすませたら、ホテルにチェックインするだけだ。

今回は勇成が泊まりたいところに泊まるということもあり、手配はすべて彼に任せている。

当日のお楽しみだと、凜は宿泊先も教えられていなかった。

二人でタブレットを覗き込み、ボートに乗ろうとかトレッキングをしようとか言いあっていると、人が近付いて来る気配がした。

勇成が先に気付いて顔を上げると、テーブル脇に二人組の女性——だいたい同じ年くらいだ——が立っていた。

実は入店したときから二人の視線は感じていた。特に彼女たちは勇成から目を離せないようで、ずっとこちらを見ながらこそこそと言葉を交わしあっていたのだ。

「旅行ですか？」

一人がおずおずと勇成に話しかける。可愛い子だが、大学にも大勢いるタイプだった。流行のヘアスタイルにメイク、そして服装。みんなよく似ていて、ちょっと話す程度の関わりでは、とても覚えられない。

凛は彼女たちと目があわないように、タブレットの画面を見つめることにした。どうせ目当ては勇成なのだから、凛がなにをしていても気にしないだろう。

「なにか用か」

いつになく低い勇成の声に、彼女たちが反応したのがわかった。見ていなくても想像がつく。きっと頬を染め、腰砕《こし》けになりそうになっているに違いない。聞き慣れている凛だって、いまだにぞくぞくすることがあるくらいなのだ。特に官能的な響きを含ませたときなどは腰の奥深いところが疼《うず》いて、どうにでもして欲しくなってしまう。

思い出し、さらに下を向いていると、上ずった女の子たちの声が聞こえてきた。

「あ、あの、観光だったら一緒にどうかな、って思って……」

「どこ泊まるんですか？」

「悪いけど、人見知りなんで」

ちらりと見ると、勇成はにこりともしていない。もともと愛想がいいほうではないらしいが、凛には最初からフレンドリーだったから、こんな彼は新鮮だった。

笑みを見せないでいると勇成はひどく近付きがたい印象になる。笑っているときとは大違いなのだ。

彼女たちも少し怯《ひる》んだ様子だ。それでも立ち去らず、どうしようと目を泳がせている。凛と話しているところを遠目に見て、もっと柔らかな態度を予想していたのだろう。

「じゃ、お先に。行くぞ」

「あ、うん」

伝票を手に立ち上がり、勇成は彼女たちを見下ろす。その冷たい目を見て、彼女たちは固まっていた。

そして凛は噂の一部について納得してしまう。人によって見下されている、と感じても仕方ないかと思える目だった。

彼女たちをその場に残し、勇成は店内の客や従業員からの視線を浴びながら会計をすませた。凛はその傍《かたわ》らで、少し俯き加減で立っているしかなかった。物珍しげに見られているのでいたたまれなかったのだ。

店を出て車に乗り込むと、ようやくほっと出来た。後ろを振り返ったが、彼女たちがついてくるような様子はなかった。

「逆ナンなんて初めてだ……あ、僕がされたわけじゃないか……」

「どこにでもいるんだな」

「それって、よくされてるって意味？」

「そんなに多くはねぇよ。黙ってると怖そうに見えるらしいし」

「ふーん」

「凛だってあるだろ？」

「……あるけど……」

「けど？」

走りながら、勇成は横目に凛を見た。

「んー……なんか、男が多かった。女の子は……たまに中学生くらいの子が」

「ああ、危なくなさそうだからな」

勇成は俊樹と同意見らしい。そもそも凛が女の子に声をかけられ始めたのは高校の途中からだ。女の子に間違われなくなった頃と一致する。そして相手はほぼ義務教育とおぼしき女の子だった。

俊樹曰《いわ》く、男くさくないから安心して声をかけてくるんだろうとのことだ。入門編、などというひどいことも言われた。

「最近は全然ないよ」

「男も？」

「……男はある……っていうか、なんかここ最近増えたんだよね」

夏だから気分が開放的になっているのだろうか。ぽつりとそんなことを呟いたら、勇成はなぜか苦笑した。

「俺に抱かれるようになって、色気がダダ漏れするようになったからだな」

「はい？」

「自覚……あるわけねぇか。なんつーか、雰囲気が前と少し変わったんだよ。色っぽくなった。あと、やった次の日とか、やたら艶《なま》めかしい」

「う、嘘っ……」

言いながら、今のが嘘じゃないことを思い知る。勇成は本気でそう思っているようだし、最近少し気になっていたことも、これできれいに説明出来てしまった。

以前はもっとライトな誘いだったのに、最近は最初から夜の誘いを受けたり、舐めるように見られたりするのだ。エロい、などとストレートに言われたこともあった。結構頻繁に凜は抱かれてきたから、その数だけ無意識に淫蕩《いんとう》な雰囲気を振りまいていたのだろう。

「まぁ、その気がないやつには、ただ『色っぽい』ですむと思うぜ」

「僕には色気なんて一生縁がないと思ってた……」

「やっぱ今度撮るか」

「絶対反対！」

一度は決着がついた話だったのだが、またぶり返した。最初にこの話が出た後、一応凜は絶対するなと釘《くぎ》をさし、勇成も納得したはずだったのだが。

「それと旅行中はエッチ禁止だよ。ちゃんと守ってよ」

「返事をした覚えはねぇけど？」

「はいはい、って言ったじゃん！」

「あれは『はいはい、考えとくよ』って意味で、考えたけどやっぱり無理だなって結論に達したから」

「なっ……」

開いた口が塞がらないということはこのことだ。確かに嘘じゃないだろう。これも玉虫色の回答、というやつかもしれないと思った。

ハンドルを握る勇成はやけに楽しそうだった。

「楽しみだな、温泉」

「……知らなかった。温泉好きなんだ……？」

「温泉でやるのは初めてだからな。ま、家族旅行と修学旅行しかしたことねぇんだけどさ。あ、露天風呂付きの部屋ってのにしたから。あと浴衣《ゆかた》ってのもいいよな」

シチュエーションが変わることをよほど楽しみにしているようだ。

特殊な趣味はないが、こういう趣味はあったらしいと、凛は初めて知ったのだった。


旅程が進むたびに、凛のテンションは安定を欠くようになっていった。

もちろん基本的には楽しい。勇成は優しいし、凛を楽しませようとしてくれるし、高地の

気候は爽《さわ》やかで快適だ。食事も美味《うま》くて満足で、泊まる宿も学生の身ではかなり贅沢《ぜいたく》なところだ。

勇成がシチュエーションに盛り上がって、当然のように宿泊先で凜を抱いたことはまぁいい。部屋に付いていた小さめな露天風呂で本当に身体を繋いだことも、声を出すまいと必死にタオルを嚙《か》む凜を見て非常に楽しそうな顔をしていたことも、せっかく着た浴衣を喜々として乱し、脱がさないまま続けてした挙げ句、ぐったりと横たわる凜をスケッチブックに残したことも、とりあえず許容範囲だ。

問題は、行く先々で勇成が女性から声をかけられることだ。初日の昼の一件から始まり、ホテル内で目を離した隙に三十代なかばとおぼしき女性に声をかけられ、翌日滝を見に行ったら写真を撮ってくれと頼まれ、それからまた絡まれていた。

以前からこういうことはよくあったし、勇成はいつも素っ気なく、まったく相手にはしないのだが、そばで見ていておもしろくないのも確かだ。普段はそれでも仕方ないと無理矢理納得していても、旅先でもこうだと楽しい気分に水を差されたように思えてしまう。ホテルで接触した女性などは、なにかとボディタッチもしていて、遠目に見ているだけで胸が苦しくなった。

二人きりになれば浮上して、夜は嫌と言うほど愛されて安心して、勇成に秋波を送る女性を見ればまた不安になる。その繰り返しだった。

三泊した日光から那須へと移動しても、状況はあまり変わらなかった。チェックインの前に買いものをしようという話になってアウトレットに来てみたが、ここでも当然女性たちの熱い視線を浴びていた。

「どうした溜め息なんてついて」

「勇成はモテるなぁ、って思ってた」

一見すると、ちょっと危険な男という雰囲気もあるから、それがまた女性には魅力的に映るに違いない。

向かいでコーヒーを飲んでいた勇成は、紙カップを置いて「やれやれ」とでも言わんばかりの顔をした。

「俺がモテんのは否定しねぇが、凛だって大概だぞ」

「そんなことないよ」

「いいか、よく考えてみろ。同性を口説《くど》いたり誘ったりする男はそう多くない。なのに凛は、何回も声かけられてるよな？」

「……今回はまったくないよ」

「そりゃ俺がいるからな」

「僕がいたって勇成は声かけられるのに……」

理由はわかっている。同性の凛では普通恋人だと思わないから牽制《けんせい》の意味はないが、凛に興味を示す男にとって勇成は十二分に障害なのだ。

「だから人目のあるところでしか凜を一人にしねぇんだよ。人前で堂々と声かけるようなやつはそういねぇからな」

「なんか釈然としない……」

「アイスでも食うか？　買ってきてやろうか」

「いい。それより、買いたいものあるって言ってたよね」

そろそろ行こうかと提案する前に、勇成は凜を手で制止しながら立ち上がった。カップはそのままだ。

「ちょっと行ってくるから待ってろ。疲れたんだろ？」

「え、行くよ」

「いい子で待ってろ」

一つしか違わないくせに子供扱いかと、凜は少しむくれた。

そうだ、今現在は一つ違いだが、明日凜が誕生日を迎えればわずか三ヵ月とは言え同じ年になるのだ。勇成の誕生日は十二月だと聞いている。

（どう見ても同じ年じゃない……）

見た目から中身から、とても九ヵ月違いとは思えなくて、軽くへこんだ。凜は自分が特に子供っぽいとは思っていないが、勇成はとても二十歳とは思えない落ち着きがあるし、才能もあって、すでに実績も作っているのだ。

一人で溜め息をついていると、隣の四人がけの席の客が代わり、二人連れの女性が座った。二十代なかばくらいに見えた。

「あー、疲れた」

「結構歩くよね」

「どれくらいでこっち来るかな」

「まーくん、わりと悩むからね。だから休んどけって言ったんだと思う。優しいよね」

「あ、うん。そうだね」

同意はしたものの、彼女は本気でそう思っているわけではなかった。面倒だから話をあわせているのだろう。

よくある話だ。嘘だけれども、こういうことは仕方ないのだと凜は知っている。下手《へた》に否定したら人間関係に支障を来《きた》すからだろうし、きっとこういうパターンの会話は過去に幾度となく交わされてきたに違いない。

凜は嘘のすべてを否定しているわけではないのだ。そのくらいのことは、さすがにこの年になれば理解している。なんでも正直に思うまま口にしていたら、まともな社会生活なんて営めないだろう。

隣の席からは、延々と一人が自分の恋人を自慢しているのが聞こえてくる。

「まーくんってさ、イケメンなのに超真面目なんだよね。あたし一筋ーって感じで」

「へぇ、すごいね」

「でしょ。よく逆ナンされるんだけど、ピシャッて断ってるよ。あ、もちろん言い方は優しいんだけどね。それで、あたしが一番だし大切だからって言ってくれるし。浮気とかあり得ない感じ」

「誠実なんだ、いいね」

友達の相づちがいちいち棒読みなのだが、彼氏語りに夢中な彼女はまったく気付いていないようだ。

惚気《のろけ》ではなく自慢に聞こえるのは、少しばかり鼻につく言い方のせいだ。まったく関係ない凜ですら溜め息をつきたくなるのだから、おそらく常に付きあっている友達がうんざりするのは当然だと思った。

「あ、帰ってきた。早い」

「あれ一人？」

「あいつまだ迷ってるよ。行ってあげて」

買いものを終えて合流してきた男は、居座った場所から考えて「まーくん」だろう。確かにまぁまぁのイケメンだが、この程度ならば大学に何十人といるだろう。

自慢していた彼女が嬉しそうに身を寄せた。話し相手になっていたほうの彼女はまだ彼氏が買いもの中だと聞き、仕方なさそうに店を出て行った。

「早かったね。どんなの？　見せて」

「後でね」

「うん。あ、そうだ。さっきまーくんのこと話してたの。ゆかりんがね、まーくんイケメンで優しくて浮気とかの心配なくていいねって」

思わず凜は心のなかで突っ込んだ。言ったのは自分だろう、と。

隣でいちゃいちゃされると身の置きどころがなくなって、ひどく落ち着かない。早く勇成が帰ってこないものかと、ついちらっと入り口のほうを見てしまった。残念ながら、あの日立つ姿はなかった。

「ねぇ、あたしいないときも逆ナンとかされてるよね？」

「たまにね」

「ちゃんと断ってるよね？」

彼女の口振りから不安が感じ取れた。友達に話しているときは自信たっぷりだったが、実際はそうでもないようだ。

そして彼氏の返事に、凜は目を瞠《みは》ることになった。

「当たり前じゃん」

嘘だった。つまりまーくんとやらは、彼女がいないところでは断っていないのだ。そんなことも知らず、彼女は嬉しそうに笑う。

「サヤだけだって。俺のこと信じられない？」

「そうじゃなくて……っ。ただちょっと、たまに心配になっちゃうんだよ。まーくん、すごくモテるしさ」

「思ってるほどモテないよ。俺、こんな見た目だから誤解されやすいけど、自分から声かけたのなんてサヤが初めてなんだからな」

「え、そうなの？」

「もしかして俺の誕生日のこと気にしてる？」

「……うん」

「だからあれは仕方なかったんだよ。祖父《じい》さんの法事と重なっちゃってさ」

全部嘘だった。聞いているうちに凜は溜め息をつきたい気分になった。それからも彼氏の口から出る説明や彼女への気持ちを表す言葉は、嘘ばかり並べられていた。

誠実なんてとんでもなかった。

彼女を気の毒に思っても、まさか無関係の凜が彼氏の言葉を否定するわけにもいかない。もどかしさといたたまれなさに、早く店を出たくなった。

そうだ、店の前で待てばいい。凜は足早に店から出て行き、店の前で勇成を待った。店内よりは暑いが、東京に比べたらずっと楽だ。

（どうして気付かないのかなぁ……あの人）

探るように聞いていたくらいだから、なにかしら思うところはあるのだろう。薄々感づいているのかもしれない。だからこそ自分に言い聞かせるように友達に話し、男の上辺《うわべ》だけの言葉で無理に自分を安心させるのだろうか。

（勇成みたいに嘘つかない人のほうが珍しいんだよね……）

モテるから嫉妬してしまうことはあるし、過去の爛《ただ》れた関係も気にならないと言ったら嘘になるが、肝心なのは現在と未来だと割り切ることにした。現に凜と出会ってから、勇成は変わったともっぱらの評判だ。俊樹の耳にも届くくらいに。

五分ほどして、勇成がペーパーバッグを手に戻ってくるのが見え、凜は彼の元へと小走りに駆け寄る。相変わらず視線はいくつも引き連れていた。

「どうしたんだ？」

「いや、ちょっと……いたたまれなくなっちゃってさ。その……隣にカップルがいて……」

「ああ、イチャついてたのか」

「はは……」

肯定も否定もせず、凜は笑ってごまかした。

「もう見たいとこないか？」

「うん、ない」

「じゃチェックインするか」

車に戻ってシートベルトを付けようとしていると、膝《ひざ》にぽんとペーパーバッグが乗せられた。

「明日、誕生日だろ。一日早いけど、プレゼントな」

「え？」

「似合うと思う」

「これ……僕の？」

わざわざ別行動を取ったのは、プレゼントを買うためだったらしい。見覚えのある店名は、さっき二人で入っていろいろと試着した店だった。結局着てみただけで、凜はなにも買わなかったのだ。

「パンツは試着した薄茶のやつで、上は凜が着なかったやつにした」

「あ……ありがと。開けていい？」

「もちろん」

きちんとラッピングされたものを丁寧に開けていくと、シャツとニット、そして薄茶のチノが入っていた。シャツはチェックでニットはオフホワイト。なんとなく可愛い感じなのは勇成の趣味なのかもしれない。

「ありがとう。宿で着てみるね！」

勇成から初めてもらう誕生日プレゼントに、凜の心は浮き立った。嬉しくて、肌触りのいいニットを何度も撫《な》でてしまう。

走り出しながら、勇成は照れくさそうに言った。

「自発的にプレゼント買ったのなんて初めてだ」

これも本当のことで、凜をますます舞い上がらせた。

「旅行中に誕生日なんてラッキーだったなぁ」

「ラッキーじゃなくて、わざと」

「え？」

「連れ出してれば、俺と一緒にいるほかねぇからな。従兄弟も一緒にバースデーパーティーとか、嫌だったんだよ」

「そ……それはないって！　もともと勇成とって思ってたよ？」

「そうか」

やたらと嬉しそうな様子で勇成は車を走らせ、やがて辿《たど》り着いた建物の前でいったん停めた。奥にはコテージが建ち並んでおり、ここは受付とレストランを兼ねた場所のようだ。凜を車中に残し、勇成はチェックインをしに出て行き、間もなく鍵を手に戻って来た。

独立した小振りな建物がいくつも並び、各棟の前には駐車スペースがある。建物と建物のあいだは数メートルといったところだ。

「おじゃましまーす」

誰もいないのは承知でそう言いながら凜はコテージに入った。一階がリビングとキッチンと風呂、二階は半分が吹き抜けで半分がベッドルームだった。寝室はオープンな造りだ。

「あ、ベッドくっついてるやつだ。勇成のベッドくらい幅あるよ」

二階の手すりから身を乗り出し、リビングにいる勇成に話しかける。すると見上げた勇成が、服を手にちょいちょいと手招きした。

服を着ると言ったことを思い出し、急いで下りて行く。

目の前で着替えるのはなんとなく気恥ずかしく、服を持ってまた階段を上がった。

「今さらだろ。こっちは全部見てんだぞ」

「そうだけど、それとはまた話が別なんだってば」

声を張って返しつつ、急いでもらったばかりの服を着た。さて階下へ行こうかと振り向いたとき、そこには勇成が立っていた。足音を立てないようにこっそり上がってきたらしい。

「可愛い」

「あ……ありがと」

「じゃ、脱がすか」

「は?」

「買ってやった服脱がすのも初めてだな」

どさりとベッドに押し倒され、たった今着たばかりの服が手早く脱がされていく。勇成の肩越しに、シーリングファンがまわっているのか見えた。

「ま、待って……」

「夕食は七時にケータリングが届くから、それまでやろうぜ」

とっさに時計を見て、凜は青ざめた。三時間以上もあった。

旅行中はセックス禁止なんていう話はとっくになかったことになっているし、今さら文句を言うつもりはないが、宿に入って早々というのも、人が来るギリギリまでしようというのも、素直には受け入れられなかった。

「ま……待って待って。せめてシャワー……」

「浴びなくていいから、おとなしくしてろ」

「晩ご飯の後だっていいじゃん！」

「今すぐやりたいんだよ。満月でもねぇのに理性飛びそうでヤバい。なんか……あれだな。凜といると、初めてのことばっかだ」

とびきり甘い表情と声で言われて、ふにゃふにゃと力が抜けていく。こうなったらもうダメだ。凜はぐずぐずにされて、なすすべもなく食い尽くされるだけだ。

「いいよな？　うんと気持ちよくしてやるからさ。誕生日だし」

なにも言えないうちに唇を塞がれて、次にその口が解放されたときには、凜は喘ぐことしか出来なくなっていた。

ケータリングは時間通りにやってきて、凜はスタッフと勇成のやりとりを二階のベッドから全裸のまま聞くことになった。

食事とほんの少しの休憩を挟みはしたものの、その後また当然のように襲われて、凜は自分の誕生日を嬌声《きょうせい》を上げつつ迎えたのだった。

楽しい時間はあっという間だ。気がつけば秋も深まり、月が変わればもう秋とは言えない時期になる。

「四ヵ月かぁ……」

勇成と最初の満月を迎えてから、もう四ヵ月以上がたった。月の一度の地獄のような快楽も、もう何度も味わった。

身体自体はまぁ耐えられている。特殊な体質のおかげで、丸一日使われても傷になる前に治癒《ちゆ》していくらしいし、体力もそれなりに回復してくれる。だが延々と続く快楽というのは精神をおかしくさせるようで、いつも凜は後半のことをほとんど覚えていなかった。勇成に言わせると、正気だと口にしないようなことをいろいろ言うらしく、それがたまらなく「可愛い」らしい。

凜としては、普段のセックスのほうが好きだった。勇成の「ケダモノ感」は若干とは言え薄いし、回数も時間も比べものにならないほど少ないからだ。別にセックスが嫌いなワケじゃない。ただ満月の夜が異常なだけだ。

次の授業を待って教室まで移動していると、吉本《よしもと》が追いついてきて並んだ。

「もうすぐクリスマスだな」

「は？　まだ一ヵ月あるよ……？」

「や、そうだけど、さっきケーキ屋の前通ったら、ケーキの予約とか書いてあったから。それに早いとこだともう飾り付けしてるぞ」

「確かに……」

きっと一ヵ月なんてすぐだろう。その前にもう一度満月が来るな……と思い、凜はぶるりと身を震わせた。

「寒い？」

「あ、うんちょっと」

「風邪《かぜ》ひくなよー。って、ところでクリスマスの予定は？　みんなで遊ぼうかと思ってるんだけど、直木《なおき》は無理？」

「んー……聞いてみないとわかんないけど……」

「あの人？」

「そうだけど……」

なにか言いたそうな吉本に、凜は少し尖《とが》った目を向けた。

勇成と関わりを持ってから半年、凜は何度も忠告という名の陰口を聞かされてきた。吉本は「大丈夫か」と心配するくらいだからいいのだが、それでもつい身がまえてしまう。噂の種類は選んでいるようだが、それでも吉本が凜よりもずっと情報を持っていて、積極的に教えてくれるのは確かなのだ。

「そうだと思った。じゃ、直木は無理……ってことで」

二人で教室に入ろうとしていると、なかから「きゃーっ」という歓喜の声が聞こえてきた。なにごとかと、二人して足を止めてしまう。

教室のなかでは女の子が数人、声をひそめることなく話していた。

「それで、それで？　どうだった？」

「やっぱ上手いの？」

「内緒」

ふふ、っという笑い声は、どこか優越感を滲ませるものだった。

「ええー」

「でも噂と違うとこもあったよ。そこまで冷たくなかったし。まぁでも、きっとすぐ忘れちゃうだろうけど、そこはお互いさまだよね」

「えーいいの？」

「別に。だってちょっと興味あっただけだもん。経験ですよ、経験」

「いやぁー大人《おとな》ーっ」

またも甲高い悲鳴のようなものが上がり、凜は顔をしかめた。うるさかったからじゃない。彼女たちがなんの話をしているのが、なんとなくわかってしまったせいだ。

吉本も察したらしく、気遣わしげな視線を凜に寄越している。

「……入る？」

「入るよ」

なにを遠慮することがあるものか。凜が堂々と教室に入っていくと、気付いた女の子たちがいっせいに視線を向けた。そのうちの一人――ことさら派手な印象の子が、バツの悪そうな顔をして視線を逸《そ》らした。さっきの話の中心だった子だろう。

吉本と二人、離れた場所に席を取った。

「準ミスがあんなデカい声で、あんな話しててていいのかねー」

「ああ……あの子、そうなんだ」

今年の学祭でのミスコンの話だろう。凜は期間中、まったく大学に行かなかったので知らなかった。もちろんその期間は勇成と過ごしていた。京都旅行だったのだ。

ぼそぼそと話していると、休講の知らせが舞い込んできた。講師が急に具合が悪くなったが大事には至らないということだった。

「帰ろっと」

「おーまた明日」

吉本に見送られ、凜は教室を出た。さっきの彼女たちの視線を感じたが、無視した。

あれは凜が勇成と付きあっている、と認識しているのだろう。かつては根も葉もない噂だったが、今では真実だ。もちろん公言はしていないので、ただの噂だと信じている者がほとんどだろうが。

（これで何件目かなぁ……）

大学では、勇成と寝たと主張する女の子が数人湧いている。共通しているのは、いずれも自分に自信があるタイプ、ということだ。さっきの彼女は学祭で準ミスグランプリだったらしいし、別の子も可愛らしかったり美人だったりするようだ。

ひそかに溜め息をつき、まっすぐ勇成のマンションに向かう。帰りがけに食料を買うことも忘れなかった。

もらった合鍵で家に入ると、勇成の姿はリビングになかった。仕事をしているのだろうから、邪魔しないように凜もキッチンで料理を始めた。

まだ初心者の域は出ていないがレパートリーは増えた。勇成の好物が中心というあたりが恥ずかしいところだし、俊樹にも呆《あき》れられている。ただ以前とは違い、勇成も和食を好むようになって来ているのだ。凜の努力の賜《たまもの》だった。

「お……いい匂《にお》いだな」

いつの間にか勇成が仕事部屋から出てきていて、カウンター越しにキッチンを覗き込んでいた。

「音もなく来るなって。驚くじゃん」

「集中してて気付かなかっただけだろ。今日なに？」

「鶏の竜田揚《たつたあ》げと舞茸《まいたけ》ご飯」

「美味そう」

勇成はコーヒーをいれてダイニングテーブルに座った。キッチンにいる凜と話すには、こちらのほうがいいからだ。

言うべきどうか迷った末に、凜はつい先ほどのことを話すことにした。

「勇成と寝たって子が、また出たよ」

「ああ……」

話題にするのは初めてだが、互いに何件もそんな話を耳にしていたのだ。勇成はうんざりした顔付きになった。

「全部嘘だぞ」

「うん」

勇成がそう言うのだから、間違いはない。多少もやもやした気分があるのは、単純にその話が不愉快だからだ。作り話だろうとなんだろうと、恋人と誰かの情事を匂わせる話が楽しいはずがない。

「でもさ、なんでそういう話をされちゃうわけ？」

「腹いせとか、はったりとか」

「は？」

「凜はどんなやつの話を聞いたんだ？」

「今日は今年の準ミスだって」

「それだ。俺が断った相手だな。プライドが許さねぇんだろ。ずいぶん自分に自信があるみたいで、当然付きあうでしょ、って態度で誘って来たし。たぶん、友達に先に言ってあって、引っ込みが付かなくなったんじゃねぇか」

なるほど、と凜は小さく頷く。だから勇成と親しい——どんな関係かはともかく——凜に聞かれて、バツが悪そうな顔をしたのだ。

思わず苦笑を漏らしてしまった。

「行いが悪かったせいだよ。事情があったのは認めるけど、もっとスマートなやり方があったと思うんだよね」

「おっしゃる通りで」

「……あのさ、これもちょっと聞いた話だから、どこまで本当か確かめたいんだけど……セフレ以外にも彼女いたんだよね？」

「いたよ」

「一ヵ月も保たない……とか、ほんと？」

問いかけに対し、勇成は少し考えてから頷いた。どこか戸惑っているようにも見えた。

「特に日数意識してなかったけど……確かにそうだ。サイクル短いなって程度の認識しかなかったわ」

ならば凛との付きあいが最長ということだろうか。嬉しい反面、今後のことを考えると少し不安になってきた。

「あのさ、クリスマスって、なんか予定ある？」

「別にねぇよ。っていうか、凛といるもんだと思ってたし、それが予定って言や予定だな」

当然だと言わんばかりの表情と言葉に、凛はぱっと顔を明るくした。不安なんて一瞬で吹き飛んでしまった。

「じゃあケーキとかチキン買って、二人でパーティーしよ」

「ホールで買うか？」

「食べきれないって」

考えるだけで楽しそうだ。この際、クリスチャンではないとか、商戦に乗せられているだけだという話は考えないことにする。

「そう言えば勇成のうちってクリスチャンじゃないよね？　うちは母親はそうなんだけど、僕は違って」

母親は家族にその手のことを強要しない人だった。ルキニアに同行した父親や、イギリス人に嫁《とつ》いだ長姉は事情が異なるのだろうが、少なくともほかの姉妹たちと凛は違うのだ。

勇成の家も特にそういうことではないらしい。

「そもそもクリスマスとか誕生日パーティーとか、そういうのをいっさいしないやつらなんだよ。さすがに祖母《ばあ》さんが生きてた頃は、俺のためにってやってくれてたけどな。後はまぁ、友達と集団でクリスマス、ってのは何回かあったか。誰かと二人でクリスマスってのは初めてだけどな」

勇成にとって特別なクリスマスなのだと知って、否応なしにテンションが上がる。だがふと、ある疑問が浮かんだ。

「彼女いたことあるのに？」

「あー、だから一ヵ月未満の付きあいばっかだったから、行事に当たらなかったんだな。誕生日もクリスマスもプレゼントねだられたことはあっても、実際買うまで付きあわなかったし」

「初めてって、そういうことか……」

少しがっかりしたものの、初めてのクリスマスに向けての期待値は高まった。凛にとっても恋人と初めて過ごすクリスマスなのだ。

旅行のときと同じように、計画を立てるのは楽しかった。ひそかに勇成のプレゼントを考えるのも。

カレンダーを見て、自然と笑みがこぼれる。

クリスマスまで後一ヵ月足らずだった。

プレゼントはどうしようかと三週間くらい考えて、凜が買ったのは勇成っぽい――と凜が思うキーホルダーだった。

自分でなんでも買えそうな勇成にものを選ぶのは難しく、凜にも予算というものがあったから、その範囲で精一杯頑張ったつもりだ。ちなみに先日の勇成の誕生日はプレゼントを買っていない。ものはいらないから凜をと希望され、裸にリボンでラッピングをされるという辱めを受けた。しかもスケッチ込みという羞恥プレイだった。

「じゃあお先ー」

「おーまたな」

吉本たちに見送られ、凜は一足先に教室を出た。彼らはクリスマスパーティーの打ちあわせがあるらしい。

予定より早く帰れるのは講師側の都合だ。講義が始まって三十分もしないうちにプリントが配られ、年明けにレポートを出すようにと言われて終わってしまったからだ。

凜は足取りも軽く勇成のマンションに向かった。キャンパス内で待ちあわせるよりも直接行くほうが多くなっているのだ。

キャンパスを後にして道を歩いていると、かなり前方に勇成の後ろ姿を見つけた。

遠かろうが後ろ姿だろうが、見間違えるはずがない。走って追いつこうとしたとき、勇成に後ろから足早に近付いて背中を触りながら横に並ぶ女性を見てしまった。

足が止まりかけるのを、なんとか動かす。前方の二人は立ち止まることはないまま、歩いて行く。どちらかと言うと無視して歩く勇成に女性がついて行っている、という感じにも見えた。

二人が角を曲がって見えなくなると、凛は無意識に走り出していた。そうして慎重に同じ角を曲がる。その先にはマンションがあるのだ。

（まさか、家に上げたりしないよね……？）

前方にはさっきと同じ状態の二人の姿が見えた。やがてマンション前の広場に差しかかると、勇成は一度足を止め、彼女を促すようにして敷地に足を踏み入れていく。

焦りながら跡を追い、物陰からそっと覗くと、思ったより道路に近い場所で二人は立ち止まっていた。広場は商業施設へのアプローチにもなっているのでマンション住民だけのものではなく、公園のように休んでいる人も多かった。

「だからやらねぇって言ってんだろ」

「やっぱり本命出来たんだ？」

女性の口調はきつく、勇成を責めているように聞こえた。勇成はこちらに背を向けているし、彼の身体で女性の姿はほとんど見えず、年格好もわからなかった。

「なんでそうなるんだよ」

「だって一晩で何人もハシゴしてた男が、誰の相手もしてないなんて、そうとしか思えないじゃない」

「だからそれは一人で足りてるってだけだ」

「もしかして噂のハーフ美少年くん？」

「おまえには関係ねぇし、とやかく言われる筋合いもねぇ。もともと大した繋がりじゃなかったろ」

話のなかに凜のことが出てきてドキッとした。噂になってるのは少し気になるが、勇成が一人でいいのだと言ってくれたことが嬉しくて、同時に盗み聞きをしている自分がたまらなく恥ずかしくなった。

ここはいったん立ち去ろう。そう決めて来た道を戻ろうとしたとき、彼女の苛立ったような声が聞こえた。

「せいぜい本命とやらに捨てられないようにしなさいね」

「はぁ？」

「恋人が出来たからセフレは切るんだって正直に言いなさいよ」

「なに言ってんだ。そんなもん俺が作るわけねぇだろ」

踏み出しかけた足がぴたりと止まる。

凛は目を瞠り、自分の耳を疑った。

「縛られんの嫌いなんだよ。知ってんだろ。恋人なんかじゃねぇよ」

勇成の言葉に嘘はなかった。つまり本音だということだ。誘って来た相手を納得させるための方便ではないのだ。

縛られるのが嫌いだというのも、恋人じゃないというのも。

足元がガラガラと音を立てて崩れていくようだった。

（そんなはずない、そんなわけ……だって、あんなに……）

貪るように抱かれ続けてきた。可愛いと、欲しいと、何度も言われてきた。何度もデートして、一緒に旅行もして、誕生日も祝ってもらって。クリスマスだって、楽しみだと言ってくれた。

けれども好きだという言葉は、思い出せなかった。

「う、そ……」

記憶にない。たとえ嘘でも、好きだなんて言われていない。いや、嘘で告白した段階で凛にはわかってしまうのだ。

凛は逃げるように立ち去り、ビルの物陰に隠れた。そうしてその場に座り込み、なかば呆《ぼう》然《ぜん》と地面を見つめた。

弄《もてあそ》ばれたのだろうか。だが勇成はとても優しくて、大事にしてくれているとも思う。あれが嘘なはずはない。

だがそれらの好意が、あくまで身内に対するようなものだとしたら？　勇成は恋愛感情などなくても人を抱ける。彼のなかで、親愛の情を向ける相手が欲の対象になるのだとしたら？

わからない。いくら考えたところで凛には理解出来ないことだった。凛は好きな人でなければ、恋愛感情を抱いた相手でなければセックスしたいなんて思わない。互いに好きあっているから、するのだと思っている。

カツカツとヒールの音を響かせて、さっきの女性が通り過ぎていった。もちろん彼女は物陰に蹲《うずくま》る凛のことなど気付きもせずに遠ざかっていく。

のろのろと立ち上がり、凛は少し迷った末にマンションに向かった。

はっきりさせなくてはいけない。勇成は一つも嘘をついていないのに、こんな矛盾が起きているのだから。

これまでにない気持ちでエントランスをくぐり、エレベーターを待った。早く行きたいとも思うし、行きたくないとも思う。だが少しばかり足を遅く動かしたところで、そう時間はかからず部屋の前まで着いてしまった。

もらった合鍵を取り出して見つめ、意を決してドアを開けた。

静かに入っていくと、勇成は戸惑った様子で凛を迎えた。さっきの彼女との会話が頭にあるのか、いつもとは様子が違っていた。

「勇成……」

「早かったな」

「うん。講義、三十分で終わっちゃって。あの……それで……」

リビングの入り口で立ち尽くしたまま、凜はソファに座る勇成を見据えた。

「こっち来いよ」

「あのさ、僕たちって……付きあってるんだよね？」

「今さらどうした？」

優しいその声は凜がよく知る勇成で、やはりあれは誤解だったのだと、ほっと胸を撫で下ろした。

そう思い込もうとしていた。

「えっと、よく考えたらね、ちゃんと告白されてないなぁって」

「告白？」

「うん。好きって、言って欲しい。でないと、恋人っていう自信持てないから……」

「恋人……」

怪訝《けげん》そうな勇成の顔を見て、すうっと冷たいものが全身を通っていく。勇成はまるで言葉の意味を理解していないような反応だった。

震えそうになる声で、凜は尋ねた。

「……違うの？　僕、勇成の恋人じゃなかったの？」

「あー……いや、悪い……」

本当に悪いと思っているらしい勇成は、少し視線を泳がせて、ひどく困惑した様子で小さく息をついた。

わずかな沈黙の後、ただ言葉を待つ凜に彼は残酷なことを言った。

「そういうのは、俺ちょっと無理だわ」

ガン、と頭を鈍器で殴《なぐ》られたような衝撃だった。おかげで凜の喉に絡まっていた言葉は一気にあふれ出した。

「む、無理ってなに？　だって、ずっと僕だけだったよね？　セフレとは寝てなかったじゃん！」

「それは凜は満月のときの俺でも、付き合える身体だからだ。そんなやつ、ほかにいねえし」

「僕の体質が、都合がよかったんだ……？」

「気に入ってたのも本当だぜ」

「でも恋人じゃないんだ……」

ほろりと涙がこぼれ落ちた。みっともないと思ったけれど、感情も涙もコントロール出来ない。堰《せき》を切ったように流れるそれを止めるすべなど思いつかなかった。

勇成はただじっと凜を見つめるだけだ。言い訳もなければ、慰めの言葉もない。少し眉根を寄せて、なにかを読み解こうとしているかのように視線を外さなかった。

「バカみたいだね」

「凜……」

どこか呆然としたような声に押され、凜の身体は勝手に動いていた。

ガッと鈍い音がして、手が痛くなって、目を離さないでいた勇成の頬が赤くなっているのを見て、初めて自分が彼の頬を殴ったのだと気付いた。

それでも勇成は動かなかったし、なにも言わなかった。まさか殴られるとは思っていなかったらしく、なかば呆然と床を見つめている。

同じ気持ちを返してくれなくてもいい……なんて、今ではとても言えないことだった。関係がもう以前とは違うのだ。片思いの相手と、キスをしたりセックスをしたりなんて、凜には無理なことだった。

「バイバイ」

くるりと踵《きびす》を返し、凜は部屋を後にした。

勇成が追ってくる気配はなく、もう終わりなんだなと思って不自然な笑みがこぼれた。涙は止まっていたが、泣き笑いのようなおかしな顔になっていることだろう。

エレベーターで下まで行って、合鍵を持って来てしまったことに気付いた。

戻る気はなく、郵便受けに鍵を落とした。チャリン、という軽い金属音がやけに大きく響いた気がした。

どうやって帰ったのか、よく覚えていない。ただいまも言わず帰宅した凜を見て、俊樹は黙ってコーヒーをいれてくれた。

「……恋人じゃなかったんだって」

「そうか」

「僕が勝手にそう思ってただけだったんだ」

「確かめたのか？」

「うん。無理って言われた。嘘ついてなかった。だから殴っちゃった」

「そうか……」

会話はそれきり止まって、凜がコーヒーを飲み終わるまで、俊樹は黙ってパソコンをいじっていた。

カップを置いて、溜め息をつく。

身体中から気力だとかプラスの感情だとかが抜けていってしまった気がした。残っているのは恥ずかしさや悲しさだけだった。不思議と怒りの感情はなく、きっとこれも勇成を殴った瞬間にどこかへ行ってしまったんだと思った。

「なんかもう……引きこもりたい……大学も行きたくない……」

いつもだったら小馬鹿にしたような言葉が飛んできただろうに、今日の俊樹は違っていた。

「だったら実家に行けば？　どうせ冬休みなんだし、年末年始向こうで過ごして、亜里紗《ありさ》ちゃんに癒《い》やされてくればいい」

「……行く」

よほどのことがない限り寄りつきたくないと思っていたルキニア——というよりもルース家だが、今の凜には最高の場所だ。可愛い妹に会えば、きっとこの気持ちも癒やされるに違いなかった。

俊樹が手配をし、凜は翌日にはルキニアへと飛び立つことになった。出発まで電源が入っていたスマートフォンに、勇成からの連絡はないままだ。

「凜は相手の嘘がわかるから、それに依存する癖があるよね」

家を出るときに俊樹が投げかけてきた言葉が頭の片隅に引っかかっていたけれども、それを深く考える余裕が凜にはなかった。


ルース家での凜への認識は、一言で表すと「ダメな子」だ。

ドイツで一度乗り換え、初めて一人で空港に降り立ったら、なぜか同じ便に乗っていた三十歳くらいのドイツ人ビジネスマンにナンパされ、振り切れないでいるうちに、迎えに来た次姉の絵里奈《えりな》によって救出された。これがまず一つ目の原因だった。

実は成田《なりた》空港でも、トランジットのために一時間だけいたドイツの空港でも、同じように男からナンパされたなんてとても言えなかった。

ちょうど帰省していた絵里奈は運転手付きの車で迎えに来てくれ、空港からは苦労なくルース家に行くことが出来た。

俊樹から頼まれて迎えに来た、と言われて感激したのも束《つか》の間《ま》、絵里奈は俊樹から聞いたという今回の顚末《てんまつ》を、運転手も聞いている車中で凜に確認してきたのだ。

思い切り傷口に塩を塗られた気分だった。遠い東京の空の下にいる俊樹を呪ったとしても仕方ないことだろう。

「バッカねぇ。能力に頼ってばっかいるから、人の機微ってものに鈍くなるのよ」

ぐうの音《ね》も出ないというのはこのことかと思った。そして別れ際に俊樹が言っていたのもこれなのだと悟った。

だからといって、簡単に立ち直れるものでもない。ましてや開き直ることも無理で、凜は相変わらずルース家にある自分の部屋で、窓の外を眺めながら溜め息をついているのだった。

「しばらくこっちにいようかなぁ……」

もう大学には戻りたくなかった。退学してもいいとさえ考えている。幸い成績はいいし、ルキニアの公用語でもある英語も問題はないから、こちらの大学に入り直してしまうのはどうだろうか。

「そうすれば亜里紗とも一緒だし……」

ルース家において凜をダメな子扱いしないのは、妹の亜里紗と、三歳になる姪《めい》たちだけだった。一番上の姉が子供を連れて帰省しているのだ。双子《ふたご》の姪たちは可愛らしく、亜里紗同様に凜の心を慰めてくれている。子供なので深い事情までは理解出来ず、「凜はお友達に虐《いじ》められた」と解釈しているようだった。二人とも、とても凜に優しくしてくれる。さすがに十三歳の亜里紗は理解しているが、姉たちとは違ってバカにしたりはせず、普通の失恋として扱ってくれているようだった。

雪景色にも飽きて窓辺から離れ、ベッドにごろりと横になった。途端にドアがノックされた。

「あらぁ、まだメソメソしているの?」

「女々しいわね」

現われたのは二人の姉だった。一人はティーセットが載ったワゴンを押し、一人はその後ろから優雅に微笑んで付いてくる。

二人とも文句の付けようのない美人だ。上の姉は清楚《せいそ》という言葉がぴったりで下の姉は華やかだ。モデルやタレントにと何度もスカウトされていたし、他校からわざわざ顔を見に来る者が絶えないという事実もあったくらいなのだ。

彼女たちの姿を見て、凛は思わず「ひっ」と情けない声を上げた。

怖い。昔からこの二人は弟をオモチャかなにかだと勘違いしている節《ふし》がある。本人たちに言わせると愛情表現らしいが、非常に迷惑な話だった。

「な……なんだよ」

「見ればわかるでしょ、お茶よ」

「飲みなさい」

「命令っ？」

一見おっとりした長姉の麻里花《まりか》も、見るからにきつい絵里奈も、一皮剝《む》けば同じタイプだ。表情の造り方やしぐさ、そして口調が違うだけだ。

凛は不承不承、姉二人との茶の席に着いた。ワゴンは脚を出して広げるとテーブルになるタイプのものだった。お茶菓子も用意されている。

「情けないわね、いつまでそうやってる気よ」

「そうよ。もう吹っ切っちゃいなさいよ」

彼女たちも、そして家族たちも、相手が男であるという事実はわりとどうでもいいらしかった。これはルース家の特殊な事情のせいだ。昔からルース家の男子は結構な確率で同性愛に走っていたらしい。子供が出来ないことに加え、嫁《よめ》を迎えてもいけないと言われているのだから、せめい恋愛くらいは自由に……ということのようだ。

おかげで絵里奈は声高に家族の前で言い放ったのだ。曰く「凛は男に弄ばれた挙げ句、騙《だま》されたと知って尻尾《しっぽ》巻いて逃げてきた」と。

ひどい言い様だ。間違っていないところが余計に泣けた。

あらためて言葉にして突きつけられると、じたばたと暴れたくなるほどの羞恥に見舞われた。独り相撲《ひとずもう》もいいところだ。穴があったら――いや、なくても自分で掘って埋まりたい心境だった。

「連絡はないの？」

「スマホ、切ってるから」

知りあいたちには、帰省するから通じない、と通達しておいた。ルキニアは彼らにとって未知の国なので簡単に納得してもらえた。

「女も男も入れ食い状態の最低男だったらしいじゃない」

「それ、俊樹が言ったのか？」

「俊樹は客観的に言うわよ。その上での、わたしの見解ってやつね」

「おまけにこんな騙しやすい子を弄んだわけでしょう？」

「で、でも告白されてないのに、されたって勘違いしたのは僕だし……」

「あら、ちゃんと告白しないで、なんとなく付きあうことだってあるのよ？　好きとも愛してるとも言われないうちにプロポーズされたんだもの」

「ふーん」

今の凜にとってはフォローではなく惚気にしか聞こえなかった。すっかり拗《す》ねてお茶を飲んでいると、絵里奈が聞こえよがしな溜め息をついた。

「あー、辛気《しんき》くさい。もうちょっとテンション上げなさいよ」

「無理」

「あんたがいると家のなかにカビが生えそうなのよ」

「そうね、さすがに鬱陶《うっとう》しいかしら」

「ひどい……」

失恋したての弟に対して姉たちは容赦がなかった。いつも通りだ。それでも凜が姉たちを嫌いじゃないのは、一応これでも元気づけようとしているのだと理解しているからだった。現に勇成とのことで彼女たちは揶揄《やゆ》するようなことは一言も口にしない。もし凜がもっと元気だったなら、遠慮なくからかっていただろうが。

「うちの子たちや亜里紗が甘やかすからね、きっと」

「そうね、ここはスパルタよ。あんた、明日から一人でキウル湖の別荘に行きなさい。うん、それがいいわ。そこで好きなだけカビでもなんでも生やしてなさいよ」

「ええっ……！　っていうかどこそれ！」

地理がまるでわからない。凜にはキウル湖とやらが国内なのか国外なのかも知らないのだ。

「覚えてないの？　小さい頃に行ったじゃない。湖畔《こはん》に別荘があって、みんなでボート遊びとか釣りとかしたでしょ」

「あれは夏で……」

「冬もいいんですってよ。この時期だと凍っちゃってるらしいけど」

「寒いじゃん！」

「別荘のなかは快適よ。大丈夫、ちゃんと食料はたっぷり持たせるし、ちょっと離れたところに別荘番もいるから」

「冬の湖もきっと素敵よ」

麻里花がおっとりと、とてもきれいに微笑んだ。これが出たらもう決定は覆らない。母親と同じなのだ。

「今日はもう遅いから、出発は明日ね」

「あ、明日ってクリスマス……」

「なに言ってるのよ。あんたにはどうせ関係ないでしょ。むしろ教会に行かなくてすむのよ、感謝しなさい」

知らないうちにクリスチャンになっていたらしい絵里奈はもちろん、麻里花一家もクリスチャンだ。ルース家はキリスト教と独自の精霊信仰が共存している不思議な家なのだ。そのどちらでもない凛には、非常に肩身が狭いのは事実だった。

あるいはそこを配慮してくれたのかもしれない。

「世をはかなんで湖に身を投げたりするんじゃないわよ」

やはりこれはただのスパルタだ。辛気くさいから追い払いたいというのも本音なのだろうけれども——。

凛はふと顔を上げ、二人をまじまじと見つめた。

「なによ」

「どうしたの凛」

「あ……うん、なんでもない」

言葉通りの心情だとは限らない。そんなことはこの二人でよくわかっていたはずなのに、凛は相手の言葉だけの真偽ですべてを判断しようとしていた。

嘘をついていないから大丈夫。好きだと言われたら安心。

そんなことはないのだと、冷静になればわかる。好きの意味一つとっても、いくつもあるだろう。相手が恋愛感情で「好き」と言ったとしても、受け取る側がただの好意だと思えばそれまでのように。

だから失敗したのだ。

「ちょっと頭、冷やしてくるね」

「湖に頭突っ込むのはやめなさいよ」

「だからそのネタから離れようよ。大丈夫だから」

淡く笑う凜を見る姉たちの顔は、ほんの少し心配そうだった。


凍える湖の別荘は、ルース家から車で二時間ほどのところにあった。

思ったより近いというのが正直な感想だった。途中から舗装していない道になったことを考えると、距離的には大したことがないはずだった。

凜は玄関先で下ろされ、すでに暖房が入っていたリビングに通され、別荘番の女性にお茶まで入れてもらった。彼女は夫とともに、この近くで別荘の管理をしてくれているらしい。十年前にも会ったそうだが凜はよく覚えていなかった。ルース家には長く仕えているということだった。

お茶を飲んでいるあいだに運転手と別荘番の夫がすべての荷物が運び込み、クローゼットや冷蔵庫に詰め替えて帰って行った。

凜はぽつんと、広すぎる別荘に残された。薪《まき》ストーブのなかで火が爆《は》ぜる音が小さく聞こえている。

「……そう言えばそうだった。無駄に広いんだった……」

それは当然だ。数ファミリーで使うのが前提の別荘なのだ。そこに使用人も加わるので、当然部屋数も多くなる。

十年ぶりに来たのでほとんど忘れていたのだが、さすがに来てみたら思い出した。湖畔の別荘と言われても湖までは百メートル以上あり、周辺はすべてルース家の土地だ。具体的な敷地面積は知らないが、かなり広範囲だったことは覚えている。そして別荘の建物は、三フロアでベッドルームが六つという大きなものだ。

「ここを一人で使えと！　一週間も……！」

ニューイヤーの瞬間には電話をあげる、と笑っていた絵里奈の顔は楽しそうだった。考えてみればひどい話だ。凛だけ家族と年越しの瞬間を迎えられないのだから。

控えめにそれを訴えたら、もともと日本で過ごす予定だったくせに、と返された。反論したかったが、言葉が上手く見つからなかった。

使い終えたカップを持ってキッチンに向かい、洗いものをした。キッチンもまたかなり広く、コンロの数も多い。十数人分の食事を作るための設備なのだ。

もっとも凛がここを使うことはそうないだろう。運び込まれた食料は、食材が極端に少なく、電子レンジがあればこと足りる調理ずみのものが多いからだ。それでも栄養のバランスを考えてか、多岐にわたって大量に運び込まれている。

「絶対食べきれないし……」

そのうちまた誰かがここを利用するのかもしれないから、無理に片付ける必要もないのだろう。

暇つぶしにと持って来た本を読む気にもなれず、湖とは反対側の窓から外を眺めた。そこには森が広がっていて、木々の合間にちらりと赤い屋根の小さな家が見えた。あれが別荘番の家で、距離としては二百メートル以上あるだろう。

昼間はいいが、夜になったら寂しそうだ。というよりも、むしろ怖いかもしれない。

「……頭は冷えるかもしれないけどさぁ……」

独り言も虚しく響き、静けさに押しつぶされそうになる。こんなことならばルース家で飼っている犬を一頭借りてくればよかった。

とりあえず凜は自室にと宛がわれた部屋を見に行くことにした。二階の湖側の奥、一番広いところだと聞いている。

「うん……ちょっと恥ずかしいかな」

広い部屋は北欧の家具で揃《そろ》えられていて、中央には立派な天蓋《てんがい》付きベッドが置いてある。その広さは当然のようにキングサイズだ。大きさはいいとして、やはりひらひらとたなびくレースにはいたたまれなさしか感じなかった。

きっとここが主寝室ということなのだろう。すでにクローゼットには凜の服が収められているし、ベッドが恥ずかしいなんていう理由で代えてもらうのも気が引ける。クローゼットに収められている服のなかには、誕生日にもらったものも入っていた。結局、持って来てしまったのだ。

「しょうがないよ。気に入ってるんだし」

自分に言い訳してクローゼットを閉じた。未練だなんて思いたくなかった。

大きすぎるベッドに身を投げ出して、ぼんやりと窓の外を見つめる。空と、少しだけ入り込んだ枝しか見えなかった。

しばらくそうやってぼんやりしていたが、やがて飽きてしまって一階に戻った。緊急用、と言って出がけに渡されたスマートフォンを手にし、暇つぶしにゲームを始めた。凜のものはいまだに電源が落とされたままバッグに突っ込んである。

そのまま三十分くらいゲームに没頭していたら、外から車の音が聞こえてきた。別荘番が出かけるのだろうか。

「違う……こっち来てる」

なにか用事かと窓から外を見ると、ルース家所有とおぼしき車がすぐ近くで停車した。凜が乗ってきたのとは別の車だ。

だが連絡はもらっていない。持たされたスマホは黙ったままだ。

「聞いてみよう……」

スマホを取りに戻ったとき、玄関を強く叩く音がした。ノックじゃなかった。間違いなく叩いている音だった。

「凛！」

「っ……」

聞こえるはずのない声に凛は固まった。だがもう一度名前を呼ばれ、今度は弾《はじ》けるようにして玄関へ駆け出した。

そのまま鍵を外してドアを開け、目の前に立つ勇成の顔を見て立ち尽くした。

再会の挨拶も詫《わ》びの言葉も言い訳もなく、勇成は凛をきつく抱きしめる。よく知った匂いに、涙が出そうになった。

ずいぶんたったようにも感じられるが、実際は数日だ。恋人じゃないと言われて殴って逃げ出してから、また何日もたってはいないのだ。

車が来た道を引き返していく音が聞こえた。

勇成がここにいる理由だとか、手段だとか、疑問に思うことはたくさんあるはずなのに、なにも形にならなかった。

「入っても、いいか？」

「……ダメって言ったら、どうすんの……」

「入れてくれるまで外で待ってる」

「死んじゃうから……！」

本気で待つつもりだと知り、思わず叫んでしまった。

もうじきぐんぐん気温が下がっていき、夜には氷点下になる。ダウンジャケット程度でしのげる寒さではない。

「いいよ、入れてあげる」

「ありがとう。荷物取ってくる」

勇成の肩越しにバッグが一つ見えた。とても海外に来たとは思えないようなコンパクトな荷物だ。

薪ストーブの近くにあるソファに勇成を案内し、凜は少し離れたところに座った。距離にしたら二メートルくらいはあるだろう。

「なにか飲む？」

「いや、いい」

「……ほっぺた、もう痛くない？」

見る限り顔が腫《は》れているということはなさそうだったが、一応尋ねてみる。感情に任せて殴ってしまったが、後から少し後悔したのだ。

「全然。腫れるほどでもなかったしな」

「そっか……でも、ごめん」

「凜が謝ることはねぇよ。全部俺が悪い」

勇成の言葉には相変わらず嘘がない。申し訳なく思っているのは本当のことなのだ。

「わざわざ謝りに来たの？」

「告白しに来た。もちろん謝罪もするけどな」

「は……？」

凜がぽかんとしていると、勇成はさっと移動して凜のすぐ隣までやってきて、凜の手を強く握った。

重ねるように握られた手を、じっと見つめてしまう。

「愛してる」

ひどく真摯《しんし》で、少し甘い声に、びくっと全身が震える。

だがなにも言えなかった。嘘じゃないのはわかったけれども、素直に受け入れるには凜は警戒心が強くなりすぎている。

愛しているの意味はほかにあるんじゃないか。凜が望む意味ではないのではないか。

恐る恐る顔を上げると、まっすぐ見つめてくる勇成と視線が絡んだ。

「信じられないって言われても仕方ないと思ってる。けど、嘘でも冗談でもねぇよ。凜と、恋人になりたい。今度はちゃんと自覚して付きあいてぇんだよ」

握る手に力が込められ、熱く見つめられる。

触れられている部分から伝わる勇成の熱が、ゆっくりと全身に広がっていく。ざわざわと胸の奥が騒いで仕方なかった。

「とっくに凜のこと好きになってたんだ。俺がわかってなかっただけだった。凜だけが特別な理由なんて、それしかねぇのにな」

「ま……待って。あの……っ」

続いていきそうな「告白」に凜はストップをかける。聞きたくなかったわけじゃない。ただこのままではフェアじゃないと思ったのだ。

「僕も言っておきたいことが、あって……」

「ああ」

勇成は表情を引き締めた。罵《ののし》られるとか文句を言われるとか、おそらくマイナスの言葉を予想しているのだ。

凜はすっと息を吸い込んでから言った。

「その、今まで隠してたんだけど……僕、特技があって……家族は特殊能力だって言うんだけど……」

「体質のほかに、なにかあるのか？」

意外そうな声に、小さく頷《うなず》く。

「実は僕……相手の嘘がわかるんだ。別に心が読めるわけじゃないんだけど、聞いた言葉が嘘か本当かがわかるっていうか」

心が読めたなら、こんなことにはなっていなかった。それ以前に凜は人に会えなくなっていたかもしれないが。

ちらちらと様子を窺《うかが》うと、勇成は感心したような顔付きだった。気味悪がったり、身がまえたりということはなかった。

「平気？」

「なにが」

「僕と話すの、緊張しない？」

「別に。ああ、そうなんだってくらいだな。もともと口先だけの嘘言うタイプでもねぇしな。もちろん思ったこと全部言うわけじゃねぇけど」

「子供じゃないんだからそれは当然だと思う」

「ほかには？」

「……あるけど……あの、僕……っていうかルース家の男はみんなそうなんだけど……子供出来ないんだ」

「は？」

「呪いで。あ、みんなは祝福の一部だって言ってるけど、僕的には絶対呪い」

ここは譲れない凜だった。

あくまで身体に異常はないことと、ルース家についてのあれこれを、凛は詳しく語って聞かせた。結婚するには婿入《むこい》りするしかない可哀想《かわいそう》な決まり——ルース家の姓を持つ者だけでなく、ようするに家族としての出入りさえも認められていないこと——も。

勇成は感心を通り越して呆れていた。

「すげぇな……」

「だよね」

「さすがお伽噺《とぎばなし》の国」

「……引いてない？」

「別に。俺が相手なら関係ねぇだろ？　男ならパートナーとして認められるってことだろ」

「そうみたい。そのへんは寛容らしいよ。うちの家族も……」

なにしろ凛が同性相手に失恋したとへこんでいたら、父親は「可哀想に」と普通に慰めてくれたくらいだ。母親は言わずもがな、姉たちとそう変わりない反応だった。それ以外の親族たちも、男だということは誰も問題にしていなかった。直系ではない凛が誰とどうなろうと、ようは女性さえ連れてこなければいいという感覚なのだ。

「おかげで心置きなく凛を口説ける」

「あっ……」

抱き寄せられ、その腕に閉じ込められて、凛は泣きそうになった。もう二度とこんなふうに勇成の腕を感じることはないと思っていたからだ。

「あのとき……凛から恋人じゃないのかって言われて、半分固まってたんだよ。思考ほとんど止まってた。この俺が特定の相手なんてあり得ねぇって思ってたし、でも半年近くずっと凛といて、やってたことはどう考えも恋人同士だなって……」

ひどく困惑して見えたのは、彼のなかで処理が追いついていなかったせいだったらしい。自分に限って、という強い思い込みがあったのだろう。

「凛の泣き顔が目に焼き付いて、いつまでたっても頭離れなくてさ。俺が泣かせたんだって思ったら、死にたくなるほど苦しくて……自分のことぶん殴りたいほど後悔した」

「泣いてないし！」

「メチャクチャ泣いてたって」

ぎゅうっと強く抱きしめられ、硬い胸板に顔が押しつけられる。苦しいともがくと、ますます腕の拘束は強くなった。

まるで逃がすまいとしているかのようだった。

「さっきも言ったけど、まったく自覚してなかったんだ」

「……うん」

「凛が欲しくて欲しくて、可愛くてたまんなくて、なんでもしてやりたいって思ってるのにな。クリスマスどうしようとか、来年の誕生日はなにしようとか、今度はどこへ行こうとか、そんなことばっか考えてたくせに、恋愛感情だってわかってなかった。凜に近付くやつに嫉妬までしてたのにな」

「してたの？」

「すげぇした。従兄弟にも、メンチ切った覚えがある」

「……そう言えばそんなこと言ってた気がする……」

ついでに俊樹は凜たちのことをバカップルとも言っていた。彼がそう言うからには、傍《はた》から見てそうとしか思えなかったということだ。

「なんか……バカじゃん」

「俺も思う」

勇成はくすりと笑ったが、そこには苦いものが含まれていた。言葉以上に彼は自分を愚かだと責めていて、どんな罵倒でも批難でも受け入れるつもりでいるのだ。

「僕も、バカだけどさ……半年も、告白されてないの気付かなかったし」

「俺が行動で示してたからなぁ……無意識に」

「タチ悪いよ」

「そうだな。最初、美味そうだなって思ったせいもあるんだろうな」

「は？」

今度はなにを言い出したのかと見つめると、唇にキスが落ちた。

「ルキニア関係で興味持ったのは本当で、会って話してみたら、すげぇ食いてぇって思ってさ。ようするにヤバいくらい欲情した」

「やっぱ身体からなんだ」

今はそうじゃないとわかっていても、少しおもしろくなかった。拗ねたような言い方になったのは仕方ないだろう。

「一目惚《ひとめぼ》れだったんだよ、きっと」

「身体に？」

「違うって。美味そうってのは、全部。見た目も性格もひっくるめて、欲しいって思ったんだよ」

「……勇成の『欲しい』って、性欲のほうなのか恋愛のほうなのか、よくわかんないよ」

「だから両方だって。凛以外とのセックスはただの処理だろ」

相変わらず平然とひどいことを言う男だと思った。しかも悪気はまったくないのだ。彼にまつわる噂がよくないのは、こういった意識が滲み出ているからだ。

凛は溜め息をついた。

「僕には完璧な恋人だったのに」

「過去形なのか？」

勇成の表情はほんの少しだけ曇っていて、自信のなかに見え隠れする不安を感じさせた。

凜の返事がいいものであると確信しつつも、それは完全ではないのだ。

そろそろちゃんと言葉にしなくては。

凜は勇成の背に手をまわした。

「こないだまでの勇成だよ。第一期、みたいな？」

「じゃあ今日から第二期でOK？」

「……うん」

腕のなかで顔を上げると、そのまま唇を塞がれる。舌を吸い、息ごと奪うようなキスに、たちまち凜は陶然となった。

知らないあいだに膝に乗せられ、勇成を跨《また》ぐ形で座らされた。

「んんっ……」

ウエストから入り込んだ手に尻《しり》を揉《も》まれ、目を見開いた。まさかこんなにすぐ求めてくるとは思わなかったからだ。

それだけではすまず、指先が後ろ入り口に触れてくる。もちろん本来は入り口なんかじゃないのだが、勇成にだけ変わった場所だ。

乾いた指がそうそう入るわけもなく、何度か押し込むように動きをして出て行った。

唇が離れていき、着ていたカーディガンを脱がされ、シャツもボタンを外された。薪ストーブのおかげで寒さを感じることはなかった。

「あのさ、クリスマスなんだよ？」

「知ってる。はるばる日本からサンタが来て嬉しいだろ？」

「サンタさんはこんなことしないよ。冷蔵庫にケーキ入ってるし、オーブンにはターキーあるらしいから、食べようよ」

「後でな。ああ、そうだプレゼント持って来たんだ」

「それ、今じゃダメ？」

上目遣いでねだると、勇成は苦笑して凜を膝から下ろし、バッグからプレゼントを出して戻って来た。そのあいだに凜も、バッグの奥底に突っ込んであったキーホルダーを持って来る。

「諦めてたのにね」

これが渡せるなんて思っていなかった。

「間にあってよかった」

「……ありがと。はい、これ」

受け取ったプレゼントの代わりにキーホルダーが入った箱を渡す。少しラッピングが乱れてしまったが、ご愛敬《あいきょう》だろう。

リボンを解《ほど》いて箱を開けると、チョーカーが入っていた。レザーの紐《ひも》に通されているのはリングだった。

「所有権？」

「それもある。後はエンゲージ的な？」

「……こ、これいつ買ったの」

「凛に殴られる前の日」

この答えにはさすがに呆れた。エンゲージを念頭にこれを買っておきながら、恋人でも特定の相手でもないと思っていたなんて、どういうことだろうか。

じとっとした目で勇成を見つめると、バツが悪そうな顔をしていた。

「……開けてみて」

「ああ」

「芸はないんだけどね。意味持たせたわけでもないし」

現れたキーホルダーに、勇成は顔を綻ばせた。レザーとシルバーを組みあわせたデザイン性の高いそれは、勇成にとても似合っている。

「使わせてもらうな。あ……そうだ」

勇成はバッグから、一本の鍵を取り出した。あの日、凛が郵便受けに落として帰った鍵だ。

それが凛の手のひらに載せられた。

「もう一回もらってくれ」

「うん」

返ってきた鍵を握りしめ、凜は自分から勇成にキスをする。といっても軽く触れるだけの可愛らしいものだ。

　また襲ってこようとする勇成をいなして、凜は主張した。

「クリスマスパーティー……っていうか、ディナーしよ？　ちょっとまだ早いけど、せっかくだしさ」

「こっちが先だ」

「……一、二回したら、ディナーだよ？」

「覚えてたら」

　相変わらず正直だった。出来ない約束はしない男なのだ。

　勇成は凜をまた抱っこして、今度は舐めて濡《ぬ》らした指を後ろに忍ばせてきた。それと同時に胸にもしゃぶりつく。

「うんっ……」

　日を置かずに半年以上も抱かれ続けてきた凜の身体は、もうすっかり勇成によって開発されてしまっている。たとえば乳首だけでイッてしまうほど感じやすくなってしまったし、後ろだけで快感を得ることも出来る。そして射精を伴わずにイク——いわゆるドライオーガズムまで経験している。それも毎回のように。

　凜には素養があったんだと、勇成は非常に嬉しくないことを言っていた。誰のせいだと言い返したのは言うまでもない。

とにかく凜の身体はもう半年前のものとは違うのだ。

「ぁんっ、や……んんっ」

増やされた指に後ろを犯されながら、胸の粒を軽く噛まれる。途端にきゅうっと後ろが勇成の指を締め付けた。

これもまた半年のあいだに身体に教え込まされたことだった。

「やっ、勇成……なんか、今日……」

いつになく性急なのは、それだけ余裕がないということだ。初めての夜だってもっとじっくりと時間をかけていたのに。

「恋人って自覚してからは初めてだからな」

つまり彼は相当高ぶっているらしい。早く身体を繋げたくて仕方ないのだ。

「いいよ……？」

凜も同じ気持ちだった。自ら手を伸ばして勇成の服を寛げ、硬い筋肉の付いた胸にそっと手を這《は》わせる。

気遣わしげな視線に微笑んで見せ、さらに勇成のボトムに手をかけた。

「勇成……いつでもＯＫじゃん」

「当然だろ」

「じゃあ、来て？」

「凜から来いよ」

偉そうな言い方だが、今のはおねだりというやつだ。凜はしょうがないな、と思いながら、ファスナーを下げて十分に高まった勇成のものを手ずから出すと、助けを借りながらゆっくりとそこに腰を落とした。

「く……んっ、ぁ……ああ……」

十分とは言えないが解《ほぐ》されていたところは、さしたる痛みもなく勇成を呑《の》み込んでいく。切っ先が入れば後は楽だった。すべて呑み込むと、両腕で勇成に抱きつき、自らのなかで脈打ちものをわざと締め付けた。

「煽《あお》るなよ。つらくねぇのか？」

「ん……大丈夫……動くね」

下まで落とした腰を上げようとすると、いきなり両脚をがっしりと抱え込まれた。

「しっかりつかまってろ」

「はっ、ぁ……ああっ！」

凜は身体を上下に揺さぶられ、下からも突き上げられて、自分では動くことも出来ないまま、なかを抉《えぐ》られた。

つかまっていないと落ちてしまいそうだった。

容赦なく楔《くさび》を打ち込む勇成は、仰《の》け反《ぞ》った喉に嚙みつくようなキスをして、さらに乳首を強く吸う。

互いに登り詰めていくのは早かった。

ソファに戻されて正面から突き上げられ、静かなリビングに凜の甘い喘ぎが響く。

乳首をきゅっと指先で嚙まれて、身体が勝手に勇成をきつく締め付けた。

「っ……」

勇成が短く息を詰めたのがわかった。だがそこで彼がイクことはなく、なおいっそう鋭く抉られた。

「あっ、ん……そこ、そこダメ……っ」

弱い部分を責められるのはいつまでたっても慣れることがない。単純な気持ちよさではなく、自分が自分でなくなってしまうような恐ろしさがあって、凜はなかば本気で泣きながら身悶え、そして泣きじゃくった。

激しく突き上げられて、凄絶《せいぜつ》なほどの快感がぶわりと弾ける。

「んぁ、あああっ……！」

がくんと仰け反り、凜は全身を痙攣《けいれん》させながらイッた。

射精は伴わない。けれども断続的な絶頂感はいつまでも続き、頭がおかしくなりそうだった。

「ひっ、あ……やめ、てっ……動かな……でっ」

息も絶え絶えに訴えているのに聞く様子もない勇成はひどい男だ。いつもはとても優しいのに、こんなときばかりは、むしろ楽しんで凜を虐めるのだ。

可愛いから、というのが理由らしい。以前それを聞き、凜は心底呆れ、そして引いたものだった。どこまでも本気だったからだ。

凜は悲鳴じみた嬌声を上げて何度も達し、勇成のものをきつく締め付ける。

ようやく勇成が終わりを迎えた。

なかに出されるその感覚は好きだった。

勇成は凜とするとき、まずゴムをしない。互いの体質に甘えているところはあるが、なによりも直《じか》に感じるのが好きだから、と言う。かつて関係のあった相手とは、男女を問わず生でしたことはなかったらしい。これもまた凜だけなのだ。

内腿《うちもも》や腰を中心に、全身がびくびくと痙攣し続ける。絶頂の余韻はいつまでも抜けず、軽く肌を撫でられただけでも、ピリピリするくらい感じやすくなっている。

「っぁ……」

力を失った身体を抱き寄せられ、ソファから薪ストーブ前のラグへと移された。

毛足の長いラグに指先が埋まりそうだった。

「やっ、いや……ぁ……」

終わってくれるとは思っていなかったが、やはりと言おうか、場所を移してすぐに勇成は後ろから凜を貫いた。

そこからさんざん貪られ、許しを請うほどの快楽に長く泣かされた。

最後のほうはよく覚えていなかった。とにかく気付いたときにはラグに横たわり、後ろから勇成に抱きしめられていた。

「ん……あ、ぁん……」

胸から甘い痺《しび》れが指先まで走り、凜は理解する。

気絶しているあいだも犯されていたらしい。

覆い被《かぶ》されるように抱きすくめられ、耳元で勇成の吐息を感じるほど密着度は高い。

恋人の腕のなかで目覚めるというシチュエーションはいいのだが、後ろからまわった手が胸をいじっていたり、身体が繋がったままというのはどうなのか。

「やっ、も……触るのなし……っ」

「聞こえねぇ」

「勇成……！」

「あ、そういえば言い忘れてたな」

指の腹で挟んだ乳首を、きゅうっと摘まれた。それだけで凜は声を上げ、後ろの勇成を締め付けてしまうのだから始末に負えない。意識してやってることじゃない。身体が勝手にそう反応してしまうのだ。

「んっ、な……に……あ、んんっ！」

深く繋がったまま、なかをかきまわされる。穿《うが》たれるのとはまた違う快楽に、凜はびくびくと全身を震わせた。まださっきイッたときの痙攣が収まりきっていないのだ。意識が飛んでいたのはほんのわずかな時間だったようだ。

勇成は耳元で、ぞくぞくするような声で囁いた。

「今日、八時ちょい過ぎに満月なんだ」

「え……」

硬直する凜の耳にキスが落ちる。そのまま耳朶《じだ》をしゃぶられ、胸と後ろを同時に責められて、凜は喘いだ。

「明日の夜まで、よろしく」

返事なんて出来るわけがなく、凜は快楽の渦にまた落とされていった。


遠くで薪が弾ける音で、凜は目を覚ました。

凜はベッドで丸くなり、ふんわりとした羽毛布団をかけられていた。当然のように全裸だが、なかも含めてきれいに流されているようだ。

目の前には勇成がいた。大きな天蓋付きベッドの上で、眠る凛を見ながらスケッチをしていたらしい。

凛はいつベッドに移動したのか覚えていなかった。

「また描いてんの……？」

ほんの少しだけ掠《かす》れた声は、じきに元に戻るはずだ。時計を見て、最後に意識を飛ばしてからまだそう時間がたっていないことを知った。

満月の時刻から二十四時間以上がたっていた。

「手が描きたがるんだよ」

わざわざ画材を持って来たのかと思えばそうではないらしい。勇成が使っているのはスケッチブックではなく、この家にあったらしい便せんの裏だった。

「あ、ペンもボールペンだ」

「バッグに入ってたやつな。急いで荷造りしたから、画材持って来る余裕なかったんだよ」

「……そう言えば、どうやってここが？　それにあの車……」

結果的に後まわしになっていた事情説明をしてもらおうと思った。ルース家がなんらかの形で噛んでいるのは間違いないだろうが。

勇成はペンと便せんを置き、凛の頭に手を伸ばして軽く撫でた。

「おまえに泣かれて殴られてから、俺のなかで結論が出るまで……っていうか、自覚するまで一日かかってさ。慌てて凜に連絡取ろうとしたときには、もう繫がらなくて、急いで家に行ったら従兄弟に説明を求められた。で、おまえの姉さんが、本気ならルキニアまで来やがれ、と」

そして空港に着いたらルース家の車が待機しており、ここへ直行だったという。

「それでか……」

納得しつつ、少し憂鬱になった。勇成のためにルース家の車を出したということは、この話が姉のところで留《とど》まらず、当主である伯母まで行ったということだった。

「ああ、そうだ。帰国の前の日までここで二人でいろって言われてるから」

「は？」

「もうチケット取ってあるってさ。とりあえず前日の昼過ぎに迎えを寄越すから、ルース家に来て顔見せろ、ってことらしい」

「それまでずっとここ？」

「そう、二人で」

嬉しそうだな、と思った。

勇成はベッドに潜り込んできて、裸の凜を腕に抱いた。いつものように勇成も上半身は裸なので、素肌が密着した。

「もしかして、ずっとセックスする気じゃないよね？」

「する気だけど？」

「死んじゃうから！」

「もう満月のあれは終わってるって」

「終わってからもしてたじゃん」

「あれだ、ソフトランディングってやつ。クールダウンみたいな」

「意味わかんないし」

二十四時間なんてことはなくても、勇成は普段からもう普通じゃないのだ。さすが眠らないでも生きていられるだけのことはある。休息というものをあまり必要としない身体なのか、基本的に体力だとか回復力だとかが常識から外れていた。途中で飲食さえすれば、底なしと言っても過言ではない。

「一週間以上あるよな」

背中を撫でる手が腰のほうへ下りいてく。さすがに続きをされることはないはずだが、悪戯《いたずら》くらいはしそうなので油断がならず、凜は手をつかんで勇成を止める。力では敵《かな》わないから、多少動きを制限する程度だったが。

「せっかくルキニア来たんだから観光しようよ……っ」

「凜を可愛がるほうが有意義だろ」

「そんなの日本に帰ってからだって出来るじゃん！」

「日本じゃ毎日は無理だろ？　あ……そうか、同棲しようぜ。大学近いし、凜もそのほうが便利だろ」

妙案とばかりに勇成は凜の両親に直訴《じきそ》するなどと言い始めた。

悪くないとは思っている。徒歩五分の通学時間は魅力だし、ずっと勇成といられるのはやはり嬉しいことだ。それに俊樹は凜がいようがいまいが変わりなく生活していくはずだ。一人では部屋が広いと持て余すくらいで。

「……俊樹にもちょっと聞いてみる？　向こう、今ちょうど朝だし」

日本は朝の七時過ぎだ。彼の起床時間から考えると早すぎるということはない。凜は勇成に言ってスマートフォンを持って来させた。支給された新しいほうにもしっかりと俊樹の番号は入っていた。

「あ、もしもし？」

『……うんざりするほど声が明るい』

「えっと、そのことなんだけど、ありがと」

『後で絵里奈たちにも礼言っておけよ。で？　報告はいいから、用件を言ってくれ。朝は忙しいんだ』

いつも通りの俊樹でほっとする。彼は凜たちが上手くいったことなど承知していて、その報告はいらないと言ったのだ。

「あのさ、勇成と同棲しようかなって」

『わかった。それだけ？』

「そ……それだけ、だけど……え、そんなあっさり……」

『結果なんてわかってたからな。だいたいね、気付いてないのは本人たちだけだよ。最初に外泊したときから、おまえたちはとっくにバカップルだった』

いつもの俊樹だな、と思った。電話の声が聞こえている勇成も苦笑いだ。

『とにかく俺に引き留める理由はないから。現状のまま、必要なものだけ持って彼氏のとこに入り浸っててくれ』

ようするに凜がいなくても現状のまま住み続けられるようにしろ、ということだ。いっそ清々《すがすが》しかったたし、実に俊樹らしかった。

「わかった」

『あ、土産《みやげ》は奮発するように』

「了解です」

電話を終えて勇成を見上げると、勇成は凜の手からスマートフォンを取り上げ、覆い被さる格好で見つめてきた。

かなりご機嫌で、そのくせ目は飢えた猛獣みたいにギラギラしている。

「帰ってからも一緒だな」

「だからこっちでは観光しようよ」

そんな凜の訴えが当然のごとく却下となったのも、結局帰る日の昼まで一歩も別荘から出られなかったのも、ある意味当然のことだった。

あとがき

普通の世界の、ちょっとだけ特殊な人たちのお話でした。

以下、内容に触れますので、ネタバレが嫌な方はいますぐ逃げてください。と言っても別にたいしたことは書きませんが。

主人公たちの特殊性は体質なのか微ファンタジーなのか。まぁそれはどちらでもいいとして、攻めの体質については、どうなんでしょうね……。ほぼ眠らずに生きていけるなら時間は人よりたくさんあっていいような気もする一方、眠る幸せというのも捨てがたいなぁ、と。睡眠大好きですから、ええ。原稿を書いているときは、「寝なくても大丈夫になりたい！」とよく思いますけども……。

眠さがピークに達すると思考停止するタイプなんです。気がつくと同じ行を何度も目で追っているだけの数分間、みたいな。こうなると起きていても仕方ないので寝ます。そして起きてみると、ときどき打った覚えのない文章が打ち込まれていたりします（笑）。一応、続きを書いていたんでしょうが、そもそも日本語になっていなかったり、なっていても突拍子もなかったり……。ようするに使えない。ダメだな、私のなかのこびとさんは役に立たないらしい。

そんな睡眠大好きな私は寝具にもこだわります。先日は枕を新調いたしまして、ピローフイッターさんにみてもらいつつ、売り場の片隅でいろいろ試しました。そして寝るときは相変わらず「おやすみマスク」を着用です。喉弱いので。

話は戻りますが、主人公の不憫な体質はあれですね、結果どうでもよくなっちゃいました。実際のところ、理不尽さに納得出来ていなかっただけで深刻に考えているわけではないので、攻めがロックオンしてくれてよかったね、という。

ＢＬ的に肝心なのは、むしろ二十四時間戦えちゃう部分ですけども！（笑）そんな勇成がケダモノ感たっぷりで素敵です、平眞ミツナガ先生！　なんて素晴らしい。あの肉食感がたまりません。

そして頑丈（笑）な凜がとってもキュート！　表情豊かで小動物みたいで、これはパクッと食べられちゃうな、と思わず頷く可愛さです。

このたびは本当にありがとうございました。本の出来上がりを楽しみにしております！

最後に、いつも読んでくださる方、たまにの方、今回初めてという方、どなたもありがとうございました。また次回、なにかでお会い出来たら嬉しいです。

きたざわ尋子

✦初出　月と恋わずらい……………書き下ろし

きたざわ尋子先生、平眞ミツナガ先生へのお便り、本作品に関するご意見、ご感想などは
〒151-0051 東京都渋谷区千駄ヶ谷 4-9-7
幻冬舎コミックス　ルチル文庫「月と恋わずらい」係まで。

幻冬舎ルチル文庫

月と恋わずらい

2015年12月20日　第1刷発行

✦著者	きたざわ尋子　きたざわ じんこ
✦発行人	石原正康
✦発行元	株式会社 幻冬舎コミックス 〒151-0051 東京都渋谷区千駄ヶ谷 4-9-7 電話 03(5411)6431 [編集]
✦発売元	株式会社 幻冬舎 〒151-0051 東京都渋谷区千駄ヶ谷 4-9-7 電話 03(5411)6222 [営業] 振替 00120-8-767643
✦印刷・製本所	中央精版印刷株式会社

✦検印廃止

ISBN978-4-344-83603-7　C0193　Printed in Japan